KB113890

내 손끝의
탑스타

# 내 손끝의 탑스타 12

박꼴 장편소설

초판 1쇄 찍은 날 § 2018년 9월 13일
초판 1쇄 펴낸 날 § 2018년 9월 20일

지은이 § 박꼴
펴낸이 § 서경석

총괄팀장 § 최하나
편집책임 § 신보라
디자인 § 신현아

펴낸곳 § 도서출판 청어람
등록번호 § 제387-1999-000006호
등록일자 § 1999. 5. 31
어람번호 § 제1-2954호

주소 § 경기도 부천시 부일로 483번길 40 서경B/D 3F (우) 14640
전화 § 032-656-4452  팩스 § 032-656-4453
http://www.chungeoram.com
E-mail § chungeorambook@daum.net

ⓒ 박꼴, 2017

ISBN 979-11-04-91827-8 04810
ISBN 979-11-04-91513-0 (세트)

박콜 장편소설

FUSION FANTASTIC STORY

# 내 손끝의 탑스타

12

청어람

도서출판

# Contents

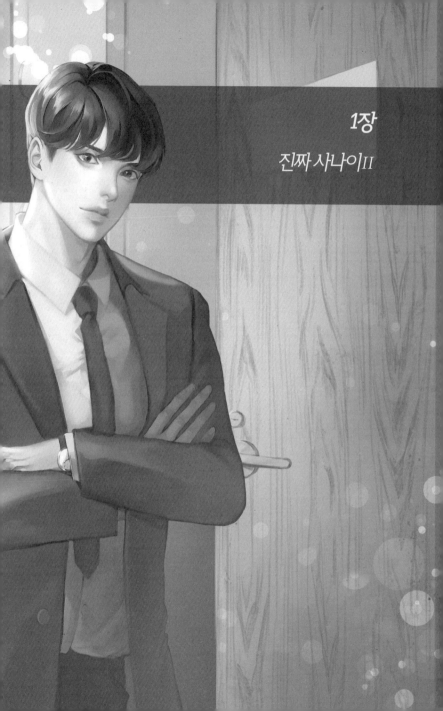

# 1장

진짜 사나이 II

갓 보이스의 대기실은 충격에 휩싸여 있었다. 갑자기 등장한 꼬마 여자아이 때문이었다.

"하하. 우리가 오징어라는데?"

비주얼 멤버 더블 J가 스타일리스트들을 둘러보며 억울함을 호소했다. 스타일리스트들이 황급히 손사래를 쳤다.

"그렇지? 오징어 아니지? 저기, 꼬마야."

더블 J가 신지혜의 앞으로 다가와 무릎을 꿇고 앉았다.

"신지혜라니까요. 신. 지. 혜."

신지혜가 턱을 치켜들고는 더블 J를 똑바로 쳐다보았다. 더블 J가 픽 웃어버렸다. 자신감 넘치는 그 모습에 신지혜가 눈을 찌푸렸다.

"그래, 지혜야. 이름도 예쁘고 얼굴은 더 예쁘네. 하지만 아쉽게도 음악은 끌 수 없어."

"음악이 끝나면 우리도 끝이 나거든. THE END."

승호가 팔짱을 낀 채로 더블 J를 거들었다. 잠자코 상황을 지켜보고 있던 투 킬이 이마를 짚었다. 형들의 건방만큼이나 허세도 하늘을 찌르고 있었다. 누가 볼까 두려울 정도였다.

신지혜가 조용히 고개를 저으며 혼잣말을 중얼거렸다.

"진짜 바보들 아냐? TV에서 볼 때만 해도 멀쩡했는데?"

신지혜의 혼잣말을 들은 더블 J가 휘청거리다 뒤로 넘어지려 했다. 신지혜가 더블 J의 옷깃을 살짝 잡아주었다.

"일어나요. 넘어지겠다."

균형을 잡은 더블 J가 다시 멋진 포즈로 한쪽 무릎을 꿇고 앉았다.

"우리 지혜는 혼잣말을 참 좋아하는구나. 근데 혼잣말은 말이야. 상대가 듣게 되면 그때부터는 혼잣말이 아닌 거야. 그 예쁜 입으로 그런 험한 소리 하는 거 아니다."

더블 J가 가장 자신 있는 멋있는 표정을 지어 보였다. 스타일리스트 몇 명이 꺅! 꺅! 효과음까지 넣어주었다.

"이상한 오빠들이네. 에휴… 그냥 가야지. 피곤해."

신지혜가 안타까운 얼굴로 갓 보이스 멤버들을 쳐다보았다. 그러고는 지체 없이 몸을 돌렸다.

"잠깐."

지금까지 조용히 입을 다물고 있던 멤버인 휘가 신지혜를 불러 세웠다. 신지혜가 고개를 돌려 휘를 쳐다보았다.

"왜요?"

"꼬마야, 하나만 묻자."

"……?"

휘가 대기실 소파에서 일어났다. 그리고 신지혜의 앞으로 걸어와 우뚝 섰다.

"뭔데요? 우리 아빠 보러 가야 하니까 빨리 말해요."

신지혜는 이제는 갓 보이스 멤버들이 전부 귀찮았다. 도저히 말들이 통하지 않았다. 꼭 학교에서 짓궂게 장난을 걸어오는 또래 남자아이들 같다는 생각도 들었다.

"꼬마야."

"네."

"그래서 네 아빠가 누군데?"

"네?"

신지혜가 경악을 했다. 잔뜩 무게를 잡고 있다가 고작 묻는다는 게 멤버들 중에 아빠가 누구냐는 것이었다.

"혀, 형!"

투 킬이 황급히 휘의 앞을 가로막았다.

"나, 나는 진짜 아니라니까? 요즘 나 여자 금지령 떨어진 거 몰라? 잘 지키고 있다고!"

승호가 결백을 주장하고 있었다. 휘가 혼자 큭큭 웃기 시작했다.

"조크지, 조크. 승호, 너 바보냐? 딱 봐도 10살은 넘어 보이는데, 이 애가 태어났을 때는 우리가 데뷔하기도 전이야. 머리가 있으면 생각 좀 하고 살아라. 아니지, 승호 너라면 그때 사고를 쳤을 수도 있겠다. 안 그래?"

"어?"

승호가 옛 기억을 하나둘 꺼내놓으며 당황해했다. 두 형을 무시하고는 투 킬이 고개를 숙여 신지혜의 눈높이를 마주했다.

"미안해요. 신현우 선배님 따님이죠? 형들이 조금 이상한 형들이긴 한데 천성이 나쁜 사람들은 아니에요. 이해해 줘요, 지혜 양."

투 킬이 정중하게 사과를 해왔다. 갓 보이스 멤버들을 사람 이하로 인식하려던 찰나인 신지혜가 눈동자를 빛냈다. 생긴 것도 곱상했고, 제법 괜찮아 보였다.

"이름이 뭐예요?"

"아, 소개도 안 했네요. 투 킬이에요. 본명은 백민우고. 방금 전에 신현우 선배님 뵙고 오는 길이에요. 일단 음악부터 끌게요."

투 킬이 대기실을 시끄럽게 울리고 있던 음악을 꺼버렸다.

"야! 너, 뭐 하는 거야?"

승호가 따지고 들었다. 투 킬이 얼굴을 굳혔다.

"옆방에 신현우 선배님도 계시고 근처 대기실에 동료 가수들도 있다고요. 민폐라니까요? 모르겠어요, 형들은?"

"넌 지금 음악을 구속했어."

"이래서 내가 한국이 싫다는 거야. 미국이었으면 이런 쓸데없는 눈치는 안 봐도 된다고."

"미국이었으면 총부터 맞았을 것 같은데."

신지혜가 또 혼잣말을 중얼거렸다. 초등학생의 꽉 찬 드립에 스타일리스트들이 결국 웃음을 터뜨렸다. 투 킬도 피식 웃어버렸다.

미국을 운운했던 휘의 얼굴이 새빨개졌다. 승호와 더블 J는 아예 바닥을 구르고 있었다.

"와하하! 저 꼬마 뭐야? 왜 이렇게 웃겨?"

"진짜 내 딸이었으면 좋겠다! 하하!"

"꼬마야, 너 오빠한테 혼날래?"

휘가 엄한 표정을 지어 보였다. 배꼽을 잡고 있던 승호와 더블 J가 긴장을 했다. 투 킬이 신지혜의 앞을 가로막았다. 4차원인 휘는 투 킬도 제어가 쉽지 않은 형이었다.

"휘 형, 진심이에요?"

투 킬이 물었다. 휘가 한쪽 눈을 찡긋해 보였다. 또 장난기가 발동한 모양이었다. 투 킬은 마음이 놓였지만 긴장의 끈을 놓지 않았다.

"오빠한테 '죄송합니다, 다시는 그런 나쁜 말 하지 않겠습니다' 해봐."

휘가 신지혜를 내려다보며 말했다. 신지혜가 도리도리 고개를 저었다.

"어허."

"싫어요."

"진짜 혼낸다."

"그래도 싫어요."

"안 되겠네. 대기실 문 닫아."

휘의 엄포에 스타일리스트들이 대기실 문을 걸어 잠갔다. 굳게 닫힌 대기실 문을 보며 신지혜가 움찔했다.

"꼬마야, 너 이 오빠가 얼마나 무서운 사람인 줄 모르지? 장난 아닌데?"

더블 J도 휘를 가리키며 신지혜에게 겁을 주었다. 빨간색으로 염색까지 한 휘는 메이크업도 진했다.

"너, 정말 사과 안 할 거야?"

"첫째, 넌 음악을 구속했어. 둘째, 넌 휘한테 모욕감을 줬어."

더블 J가 조목조목 신지혜의 잘못을 따지고 들었다.

"에휴."

신지혜가 길게 한숨을 내쉬었다. 휘가 멤버들을 보며 득의양양한 얼굴을 했다.

"어린애들 다루는 건 내가 최고라니까? 승호, 너는 아직 여자를 몰라."

"헉!"

투 킬이 헉 소리를 내뱉었다. 그리고 휘의 어깨를 두들겼다.

"혀, 형."

"왜, 민우야? 헉!"

휘도 입을 크게 벌렸다. 신지혜의 커다란 두 눈동자에 눈물이 그렁그렁 맺혀 있었다.

"야! 너, 그건 바, 반칙이잖아! 치, 치사하게 울어?"

더블 J가 어쩔 줄을 몰라 했다. 신지혜는 벌써 감정이 극에 달해 있었다. 커다란 눈동자에서 눈물이 주르륵 흘러내리기 시작했다.

갓 보이스 멤버들이 석상처럼 굳어버렸다. 스타일리스트들도 고개를 돌려 지금의 상황을 외면하고 있었다.

"휘, 네가 어떻게 해봐. 네가 울린 거잖아!"

"나? 내가 울렸다고? 더블 J, 애초에 네가 약 올렸잖아!"

"나보고 오징어라잖아! 그리고 나는 꼬마가 귀여워서 장난을 좀 친 것뿐이야! 그리고 승호 너는 음악은 왜 틀어가지고! 자식아!"

"휘가 틀라고 했지! 내가 듣고 싶다고 했냐? 가뜩이나 요즘 외로운데 너희들까지 난리야?"

책임을 전가하고 있는 세 형들을 보며 투 킬은 질끈 두 눈을 감았다. 컴백 첫날부터 대형 사고를 치고 있는 형들이었다.

"지혜 양, 미안해요. 진짜 미안해요. 내가 대신 사과할게요."

투 킬이 거의 무릎을 꿇다시피 했다. 그때였다. 누군가가 대기실 문을 두들겼다.

"누, 누구시죠?"

"혹시 여기 신지혜라고 꼬마 아이 한 명 있습니까? 스태프 분들이 여기 있다고 해서 말입니다."

어디서 많이 듣던 목소리였다. 스타일리스트 한 명이 들고 있던 옷을 툭, 떨어뜨렸다. 투 킬이 그 스타일리스트를 쳐다보며 눈빛으로 왜 그러냐고 물었다.

"기, 기, 김현우 대표님 목소리 같은데, 민우야?"

"예? 예?!"

"으앙!"

신지혜가 대놓고 대성통곡을 했다. 투 킬과 갓 보이스 멤버들의 얼굴이 하얗게 질려 버렸다. 김태식이라는 세 글자가 머릿속을 스치고 지나갔다.

"아, 안 돼!"

승호의 외마디 외침과 함께 신지혜가 대기실 문을 열었다. 문이 열리자 슈트 차림의 현우가 보였다.

"지혜야, 너 왜 울고 있어?"

"저 오빠들이, 저 오빠들이!"

신지혜가 현우의 허리춤을 껴안으며 갓 보이스 멤버들을 노려보았다. 현우의 서늘한 시선이 갓 보이스 멤버들에게로 향했다.

"......"

현우가 눈빛으로 해명을 요구하고 있었다. 갓 보이스 멤버들은 입술이 바짝 탔다. 김현우 대표가 누구인가. 김태식이라 불리기도 하는 불도저의 아이콘이었다.

연예계의 절대 권력자 중 한 명인 S&H의 이장호 회장을 프랑스로 쫓아 보낸 장본인이었다. 대중들에게는 국민 기획사 대표로 친숙한 동네 형 같은 이미지도 있었지만, JG 같은 경쟁 기획사 사람들에겐 공포와 경계의 대상이 바로 김현우 대표였다.

'그냥 형들 죽이고 솔로로 데뷔할까?'

투 킬이 진지하게 미래를 고민하고 있었다. 그사이 휘가 입을 열었다.

"그, 그게! 이 꼬마가 음악을 구속해서요."

대기실에 싸늘한 분위기가 감돌았다. 휘가 머리를 긁적였다.

"노, 농담인데요. 웃으시라고."

"어떻게 된 일입니까, 민우 씨?"

현우의 시선이 투 킬에게로 향했다. 방금 전 대기실에 들러 신현우로부터 투 킬에 대한 이야기를 들었던 현우였다. 투 킬이 꾸벅 고개부터 숙였다.

"죄송합니다. 지혜 양이 음악을 좀 꺼달라고 찾아왔는데, 저희 형들이 장난을 좀 쳤습니다. 사과드리겠습니다, 김현우 대표님. 지혜 양, 미안해요. 다시 한번 사과할게요."

"하아……."

현우가 한숨을 내쉬었다. 투 킬과 갓 보이스 멤버들이 긴장감에 꿀꺽 침을 삼켰다. 생긴 건 샤프하게 생겼지만 회사에서 김현우 대표와 어울림 엔터테인먼트를 각별히 조심히 대하라는 지시도 내려와 있었다.

뒤늦게 이 사실을 기억해 낸 갓 보이스 멤버들은 깊은 후회 중이었다.

"신지혜."

현우가 나지막하게 신지혜의 이름을 불렀다. 대충 상황 파악이 되었다.

"웅, 삼촌."

"삼촌이 방송국 함부로 돌아다니지 말라고 했었지? 그리고 아무 때나 연기하는 거 아니라고 유희 언니가 그랬잖아. 연기자는 함부로 우는 거 아니라고. 연기를 할 때만 진심으로 눈물을 흘려야 하는 거라고 말이야."

"여, 연기?"

갓 보이스 멤버들이 서로를 쳐다보며 어리둥절해했다.

"꼬마 연민정!"

승호가 신지혜를 가리키며 경악을 했다. 투 킬과 다른 멤버들도 신지혜가 MBS의 주말 인기 드라마 '신(新) 콩쥐팥쥐전'에 출연 중인 아역 배우라는 것을 뒤늦게 깨달았다. 다들 허탈해졌다. 진짜 우는 줄 알고 얼마나 미안하고 난감했던가.

그러고 보니 김현우 대표가 나타난 이후부터는 눈물 한 방울 흘리지 않고 있었다. 무척이나 태연해 보였다.

"삼촌! 대체 누구 편이야!?"

"누구 편이 어디에 있어? 진짜 내가 너 때문에 못살겠다. 지유가 철이 드니까 이제는 지혜 네가 삼촌 피 말려 죽이려고 하냐? 삼촌 이제 손에 피 묻히기 싫다, 지혜야."

순간 갓 보이스의 대기실이 정적에 휩싸였다. 현우는 아차 싶었다.

"아, 말이 그렇다는 겁니다."

"죄송합니다! 대표님!"

"저, 저희가 생각이 짧았습니다! 음악 껐지? 껐네."

갓 보이스 멤버들이 바짝 기합이 들어갔다. 연습생 시절로 돌아간 그 모습에 투 킬은 차라리 잘됐다 싶었다.

현우가 슥 팔짱을 꼈다. 갓 보이스는 요 근래 보이 그룹 중 가장 잘나가는 그룹이었다. 5인조 그룹으로 음악성도 훌륭했고, 멤버들 개개인도 여러 면에서 뛰어났다. 그런데 하늘을 치솟는 인기 때문인지 스타 병이 심각하다는 이야기를 코인 엔터의 백동원 팀장에게 들은 적이 있었다.

"갓 보이스 여러분, 기획사 대표로서 몇 마디 하겠습니다. 인기는 영원한 게 아닙니다. 그리고 그 인기는 여러분들이 여러분들 손으로 지켜야 하는 겁니다. 해외 활동도 많고 아마 스트레스가 많을 겁니다. 하지만 여긴 공공장소입니다. 동료 선후배 가수들도 함께 사용하는 곳인데, 최소한의 예의는 지켜야 하지 않겠습니까?"

"죄송합니다."

투 킬이 꾸벅 고개를 숙였다. 다른 멤버들도 현우 앞에서 고개를 제대로 들지 못했다.

"여러분들도 알다시피 연예계는 평판이 전부인 곳입니다. 그렇게 아이처럼 굴다 보면 언젠가 주변에 아무도 남지 않을 겁니다. 기억해 둬요."

"네, 대표님. 죄송합니다."

투 킬에 이어 갓 보이스 멤버들도 현우와 신지혜에게 사과를 해왔다. 현우는 갓 보이스 멤버들을 가만히 쳐다만 보았다.

싸가지가 없기로 유명하다더니 본성들은 괜찮은 아이들인 것 같았다.

'어려서부터 연예인 생활을 했으니 뭘 알겠냐. 참자, 김현우.'

현우는 갓 보이스 멤버들을 이해하기로 했다. 어울림 소속 아티스트들이 유난히 인성이 좋고 착한 것이었다. 어려서부터 연습생 생활을 시작하고 사회생활도 제대로 해본 적 없는 대다수의 연예인들은 자기중심적인 경우가 많았다.

또 인기가 올라가다 보면 주변에서 쓴소리를 하는 사람들도 없어진다.

"현우야, 그만 봐주자. 귀에서 피나겠다."

듣기 좋은 중저음의 목소리에 투 킬과 갓 보이스 멤버들의 시선이 한곳으로 모아졌다. 현우의 뒤쪽에 신현우가 서 있었다.

가벼운 농담을 건네며 신현우가 웃고 있었다. 마성의 미소에 갓 보이스의 스타일리스트들이 멍한 표정들을 했다.

"아빠!"

현우의 허리춤에 안겨 있던 신지혜가 신현우에게로 옮겨갔다.

"우리 딸, 여기서 뭐 하고 있었어?"

신지혜가 신현우의 품에 안겨 갓 보이스 멤버들을 슥 쳐다보았다. 투 킬은 이미 모든 걸 포기한 상황이었다. 다른 멤버들은 더 깊은 후회를 하고 있었다. 눈앞의 락커는 정말이지 위압감을 느낄 정도였다.

갓 보이스 멤버들의 시선이 신현우의 손에 무심히 들려 있는 기타 쪽으로 향했다. 불꽃 락커, 유력 정치인의 머리를 기타로 가격해 은퇴를 해야 했다는 루머까지… 갑자기 신현우에 대한 무서운 소문들이 머릿속을 스치고 지나갔다.

"……."

"……."

"아빠, 저 오빠들."

신지혜가 잠시 말을 끊었다. 갓 보이스 멤버들이 절박한 눈동자로 신지혜를 쳐다보았다. 신지혜가 살짝 웃었다.

"완전 웃긴 오빠들이야. 저기 빨간 머리 오빠는 일 바보 오빠고, 저기 저 바람둥이같이 생긴 오빠는 이 바보 오빠, 그리고 저 오빠는 삼 바보 오빠."

신지혜의 손가락이 투 킬을 마지막으로 가리켰다.

"민우?"

"저 오빠는, 착하고 잘생긴 바보 오빠라고 할래."

투 킬이 환하게 웃었다. 신현우가 이름을 불러주는 것도 좋았고, 또 신지혜의 훌륭한 평가도 기분이 좋았다.

반면 다른 세 멤버들은 기분이 묘했다. 자그마한 여자아이한테 농락을 당했는데도 이상하게 기분이 마냥 나쁘지만은 않았다. 왠지 모르지만 더 괴롭힘을 당하고 싶었다.

"신현우 선생님! 리허설 가시죠!"

스태프 한 명이 신현우를 찾았다. 신현우가 고개를 끄덕거렸다.

"그럼 민우야, 약속한 대로 소주 한잔하자."

"네! 선배님! 연락 주십시오!"

투 킬이 즉각 대답을 했다. 신현우가 살짝 웃으며 다른 멤버들도 눈에 담았다.

"너희들도 술 마시지?"

"수, 술고래입니다!"

승호가 힘차게 대답을 했다.

"그래? 민우도 술 잘 마신다고 하던데, 잘됐다. 오늘 방송 끝나고 스케줄들 있어?"

"있죠! 아, 아니, 없습니다! 선배님!"

갑자기 있던 스케줄도 사라져 버렸다. 신현우가 현우를 슥 쳐다보았다.

"현우야, 갓 보이스 친구들도 술 한 잔 사줘. 형도 친한 후배들 좀 만들어보자, 응?"

"그럴까요?"

오늘 신현우의 첫 컴백 방송 후 술자리가 약속되었다. 현우가 갓 보이스 멤버들을 살펴보았다. 의사도 물어보지 않고 다른 기획사의 연예인들을 무작정 술자리로 끌고 갈 수는 없었다.

"여러분들이 결정해요. 오늘이 아니더라도 시간은 많으니까."

"무조건 가겠습니다."

투 킬이 먼저 말을 했다.

"민우, 너 마음에 든다."

신현우가 어깨를 두들겼다. 투 킬의 입이 귀에 걸렸다. 투 킬을 빼앗길 것 같은 위기의식에 다른 멤버들도 앞다투어 술자리에 끼겠다는 의사를 내비쳤다.

"그럼 가자."

"예?"

투 킬이 신현우에게 물었다.

"어딜 가자고 하시는 건지?"

"진짜 바보 오빠들. 우리 아빠 리허설하잖아요. 같이 가자고 하는 건데?"

신지혜가 면박을 줬다. 갓 보이스 멤버들의 기분도 덩달아 좋아졌다. 구박을 받는데도 묘하게 기분이 좋았다. 마음이 놓였다.

잠시 후, 신현우가 리허설을 위해 대기실 복도를 지나가기 시작했다.

"소문의 신현우 선배님이셔. 진짜 잘생겼다. 와, 미쳤어!"

"근데 갓 보이스 선배님들 아니야? 뭐야?"

인사를 위해 복도로 나와 있던 많은 아이돌 가수들이 두 눈을 휘둥그레 떴다. 신현우의 뒤를 수행하듯 갓 보이스 멤버들이 따르고 있었기 때문이었다.

참으로 이색적인 광경이었다.

＊　　　＊　　　＊

신현우가 리허설을 위해 무대에 올랐다. 많은 후배 가수와 가요계 관계자들의 시선이 신현우에게로 집중되었다.

불꽃 락커 신현우. 살아 있는 라디오 스타라고 불릴 정도로 드라마틱한 스토리를 가지고 있는 가수였다. 어울림 엔터테인 먼트의 부활 프로젝트를 통해 한차례 대중들에게 선을 보인 적이 있었지만 가요 음악 방송 무대는 처음이었다. 당연히 관심이 쏠릴 수밖에 없었다.

"진짜 40살 맞아? 40살 아저씨가 뭐 저렇게 잘생긴 건데? 괜히 우리 애들 기만 죽겠네."

"요즘 시대에 데뷔를 했으면 가요계에 한 획을 그었을 겁니다. 뭐, 시대를 살짝 잘못 타고 난 거죠. 그나마 어울림을 만난 게 천운입니다."

기획사 관계자들이 신현우를 바라보며 서로 의견을 주고받았다.

"진짜 우리 아빠랑 여섯 살 차이밖에 안 난다는 게 안 믿겨져. 진짜 존잘!"

"내가 5살만 많았어도 신현우 선배님 어떻게 해보는 건데."

"큰 딸이 초등학교 4학년이거든요, 언니? 자제 좀."

"뭐 어때? 멋있는데?"

"언니 나이에 초등학생 딸 두 명 있는 것도 나쁘지는 않을걸?"

"킥킥!"

걸 그룹 후배들도 신현우를 구경하며 이런저런 이야기들을 늘여놓고 있었다. 그리고 현우와 신지혜, 갓 보이스 멤버들도 신현우를 지켜보고 있었다.

그런데 갓 보이스 멤버인 더블 J와 승호는 표정이 썩 좋지 못했다. 후배 걸 그룹들이 자신들이 아닌 신현우에게만 관심을 보이고 있었기 때문이었다.

머리를 쓸어내리고 일부러 기침까지 해보았지만 후배 걸 그룹 멤버들은 눈길도 주지 않고 있었다. 현우가 그 모습을 보며 피식 웃었다. 여러모로 재미있는 친구들 같았다.

"에휴, 바보 오빠들."

신지혜도 작게 한숨을 내쉬었다. 신현우에게 쏠린 관심 때문에 서운한 더블 J나 승호 같은 멤버들과 다르게 휘와 투 킬은 신현우의 노래 실력에 강한 호기심을 가지고 있었다.

몇 번 방송에서 노래를 부르는 것을 본 적이 있었지만, 직접 본 적은 없었기에 솔직히 신현우의 실력에 반신반의하고 있었다.

"꼬마야."

"신. 지. 혜. 라고 했잖아요."

신지혜가 한 글자씩 끊어서 이름을 강조했다. 휘가 머리를 긁적였다.

"너희 아빠 노래 잘하시냐?"

휘의 물음에 신지혜가 한쪽 입꼬리를 슥 올렸다. 가소롭다는 표정이었다.

"우리 아빠보다 노래 잘하는 락커 본 적 없는데요?"

"에이, 그건 네가 아직 어려서 그렇지. 너 외국에 유명한 락커들이 얼마나 많은 줄 알아? 우리 갓 보이스만큼이나 대단하다고."

"아, 네. 대단하죠. 갓 보이스."

신지혜는 시큰둥했다. 갓 보이스 멤버들이 휘청거렸다.

"휘랑 투 킬은 내가 아는 최고의 보컬들이다. 무시하지 말라고. 신지혜 어린이 씨."

더블 J가 대화에 끼어들었다.

"그럼 오징어 오빠는요?"

"오, 오징어라고 하지 말라니까? 진짜 밤톨 같은 게? 난 최고의 래퍼지. 안 그래?"

더블 J가 멤버들에게 동의를 구했지만 아무도 호응이 없었다. 투 킬도 더블 J를 외면하고 있었다.

그사이 신현우가 무대 세팅을 마쳤다. 제복을 연상시키는 무대의상을 차려입은 신현우가 마이크를 들고 무대 중앙으로 섰다.

"리허설 시작하겠습니다!"

조연출이 조정실 쪽으로 신호를 보내자 무대에 전주가 흘러나오기 시작했다. 신현우의 새 앨범 신곡인 '겨울 꽃'이었다. 웅장한 오케스트라 연주가 무대와 그 주변을 가득 채웠다.

같은 날 컴백을 한 갓 보이스의 멤버들도 지금 이 순간만큼은 동료 가수의 입장에 서서 귀를 기울이기 시작했다.

웅장한 오케스트라 전주가 잦아들며 신현우가 마이크 앞으로 가까이 다가섰다.

*작은 꽃 하나가*
*길고 긴 겨울을 견뎌낸*
*여린 꽃 하나가*

신현우의 허스키하고 묵직한 저음이 무대 위를 휘감았다.
계속해서 구경을 하고 있던 걸 그룹 후배들이 신현우의 목소리에 탄성을 질렀다.

락커가 부르는 락 발라드에 후배 가수들은 물론 가요계 관계자들도 빠져들었다. 음악성으로 승부를 하고 있는 갓 보이스의 메인 보컬 투 킬과 휘의 표정이 순식간에 굳어버렸다.
단순히 리허설 무대였지만 차원이 다른 가창력이었다. 묵직한 저음은 보통 가수들이 내는 음색과는 그 깊이가 달랐다.
락커 특유의 거친 호흡이 묵직한 저음과 너무 잘 어울렸다.
그리고 서서히 하이라이트 부분이 다가왔다.

*·모진 겨울을 지나*
*끝내 꽃을 피워*

샤우팅이 섞인 고음이 무대 천장을 울렸다. 투 킬과 휘가 신현우에게서 눈을 떼지 못했다. 그사이 신현우가 리허설을 마쳤다. 베테랑 가수로서 1절만 부르도록 연출진 쪽에서 배려를 해주었다.

후배 가수들은 물론 가요계 관계자들 모두가 아쉬워했다.

"봐요. 우리 아빠 노래 잘한다고 했죠?"

신지혜가 의기양양해져 있었다. 갓 보이스 멤버들이 조용히 고개들을 끄덕였다. 확실히 자신들과는 차원이 다른 보컬리스트였다.

"이게 락이라는 거구나."

"멋있죠? 우리 아빠?"

"그래. 진짜 멋있으시다. 신현우 선배님."

투 킬이 생각에 잠겼다. 힙합 그룹의 보컬로서 늘 보컬 퍼포먼스 면에서 아쉬움을 가지고 있던 투 킬이었다. 그런데 무대 위의 신현우를 보며 투 킬은 문득 부러움을 느꼈다. 천장을 뚫을 것 같은 거친 고음이 아직도 귓가에 머물러 있었다.

"휴우."

신현우가 살짝 웃으며 다가왔다. 현우가 신현우를 반겼다.

"형님, 수고하셨습니다."

"오랜만에 노래 부르려니까 쉽지 않네. 괜찮았어, 현우야?"

"불꽃 락커는 늘 최고죠."

"하하. 그래? 지혜는 어땠어?"

"헤헤. 우리 아빠가 세상에서 제일 멋있어."

신지혜가 신현우에게 안겼다. 신현우가 신지혜를 번쩍 안아 들었다. 그리고 갓 보이스 멤버에게 시선을 돌렸다.

"리허설 봐줘서 고맙다, 후배님들."

갓 보이스 멤버들은 대답이 없었다. 휘를 시작으로 더블 J도 말없이 박수를 치기 시작했다. 뒤늦게 승호도 박수를 쳤다. 허세 가득한 모습이었지만 신현우도 그렇고 현우도 웃음이 났다.

"갓 보이스 여러분! 리허설 준비해 주세요!"

이번에는 갓 보이스 멤버들의 차례였다. 더블 J가 씩 웃으며 신지혜를 쳐다보았다.

"잘 봐, 꼬마야. 힙합이라는 게 어떤 건지 우리가 보여줄 테니까."

더블 J가 휙 등을 돌려 먼저 무대 위로 향했다. 휘도 손가락으로 신지혜를 가리켰다.

"기대해. 넌 곧 우리의 소녀 팬이 될 테니까."

신지혜가 뭐라 대답할 새도 없이 휘가 승호를 끌고 무대 위로 올라갔다. 투 킬이 얼굴을 붉힌 채로 더듬 입을 열었다.

"죄, 죄송합니다. 형들이 지혜가 마음에 드나 보네요. 하아… 저놈의 허세. 그럼 다녀오겠습니다. 참, 신현우 선배님."

"그래, 민우야."

"저도 선배님 같은 보컬리스트가 되고 싶습니다."

뜬금없는 고백에 신현우가 픽 웃었다. 신현우가 투 킬의 어깨에 다정히 손을 올렸다.

"노래 좋더라."

"예?"

"One Love. 나랑 지선이는 그 노래 좋아한다."

"……"

투 킬이 감동을 받았다. 신현우가 갓 보이스의 지난 앨범에 실린 솔로곡을 알고 있었다.

"기교를 조금만 버리면 고음 발성 부분이 조금 수월할 거다."

신현우가 단번에 자신의 약점을 꿰뚫자 투 킬이 놀란 표정을 했다. 그리고 신현우의 말을 몇 번이나 곱씹었다.

"그럼 다녀오겠습니다, 선배님."

"그래. 기대할게."

"잘하고 와요, 투 킬 오빠."

신지혜도 투 킬을 응원했다. 투 킬이 마지막으로 무대에 올랐다. 갓 보이스의 첫 컴백 리허설 무대가 시작되었다.

그리고 후배 가수들은 물론 가요계 관계자들도 어리둥절해했다. 설렁설렁 대충, 대충으로 유명한 갓 보이스가 리허설 무대에서 열창을 하고 있었다.

"갓 보이스 애들 뭐 잘못 먹었어? 왜 저렇게들 열심히 해? 혹시 소속사 사장한테 까였나?"

"신현우랑 김태식 대표가 보고 있어서 그런 거 아닐까요?"

"아, 그런가? 맞네! 김현우 대표랑 신현우 씨 쪽만 보고 있는데?"

여러모로 이색적인 광경이 또 펼쳐지고 있었다.


\*      \*      \*


[불꽃 락커 신현우 SBC에서 '겨울 꽃'으로 컴백!]

[락 스타 신현우! 신곡 '겨울 꽃' 반응이 심상치 않다!]

[신현우 '겨울 꽃' 락 발라드 새 역사 쓰나?]


SBC 음악 방송을 통해 신현우의 신곡 '겨울 꽃'이 대대적으로 공개가 되었다. 음원 사이트에도 신곡이 올라갔고, 불과 몇 시간 만에 차트 1위를 차지하고 말았다.

가요계 관계자들은 40살 락커의 저력에 크게 놀라야 했다. 대형 힙합 그룹인 갓 보이스의 신곡을 40살 락커가 밀어낼 줄은 아무도 예상하지 못했기 때문이다.

대중들도 '겨울 꽃'에 빠져들고 있었다.

—노래가 진짜 좋다. 락 발라드의 부활!

　—맨날 10년 전 락 발라드 명곡만 들었는데, 이젠 그럴 필요 없음 ㅋㅋ

　—신현우가 아픈 막내딸 생각하면서 만든 노래라고 함. 노래 가사에 겨울에도 견뎌내는 작은 꽃이 신지선 ㅠㅠ

　—가사 진짜 잘 썼고, 노래도 진짜 좋고

　—어울림 엔터 덕분에 락 발라드 노래 간만에 듣는 듯

　—전자 기타 연주는 신현우가 직접 했다고 하네요! 참고하세요!

　—김정호 작곡가님 역시 최고!


　"축하드립니다, 형님."

　"내가 뭐 한 게 있어? 다 현우 너랑 우리 식구들 덕분이지."

　현우와 신현우가 처음 술자리를 같이했던 포장마차에서 술잔을 기울이고 있었다. 뜨끈한 우동 한 그릇씩에 오돌뼈 한 접시가 메인 안주였다.

　신현우는 소주가 가득 들어차 있는 술잔을 문득 쳐다보았다.

　"인생이란 게, 현우야."

　"네, 형님."

　"채워도 채워지지 않는 거라고 생각을 했던 적이 있었다."

현우는 조용히 신현우의 말을 듣기만 했다.

"정철이 형한테 왜 내 인생은 채워도 채워지지가 않을까, 하고 따진 적이 있었거든. 그런데 눈에 보이지만 않았을 뿐 늘 채워져 있었던 것 같아."

그렇게 말하고 신현우가 소주잔을 한 입 가득 털어 넣었다.

"고맙다."

"아뇨. 형님이 노력하신 결과입니다. 끝까지 음악을 놓지 않으셨잖아요."

동대문에서 무거운 옷 더미들을 나르는 한이 있더라도 신현우는 락커로서의 자존심을 지켜왔다. 그리고 보컬리스트로서의 노력을 게을리하지 않았다.

"늦었습니다!"

손태명과 김정우, 최영진, 고석훈, 김철용이 뒤늦게 합류를 했다. 순식간에 자리가 북적해졌다.

"축하드립니다! 신현우 형님!"

김철용이 꾸벅 고개를 숙였다.

"수고하셨습니다."

김정우도 조용히 웃으며 말했다. 신현우는 어울림 식구들을 눈 안에 담았다. 식구들이 더 합류를 하자 기분이 좋아졌다.

"이모! 여기 잔이랑 우동 한 그릇씩, 그리고 제육볶음, 닭볶음탕 중 자 하나 주세요!"

손태명이 추가로 주문을 했다. 닭볶음탕을 주문하자 현우가 손태명을 보며 피식 웃었다. 예전 기억이 났기 때문이었다.

"현우야, 우리 갓 보이스 동생들도 부를까?"

"그 친구들요?"

현우가 쓰게 웃었다. 대중들은 물론 가요계 관계자들의 예상을 깨고 신현우가 음원 차트에서 갓 보이스를 이겨 정상의 자리를 차지하고 있었다.

"그 친구들이 순순히 나올까요?"

음악적으로나 대외적으로나 자존심이 강해 보이는 친구들이었다. 어떤 심정들일지 내심 궁금하기도 했다.

"내가 해볼게, 현우야."

신현우가 전화를 걸었다. 신호가 간 지 몇 초 되지도 않아 연결이 되었다.

―네! 신현우 선배님! 저 투 킬, 백민우입니다!

"응. 전화 받는구나."

―선배님 전화인데 받아야죠. 무슨 일이세요, 선배님?

"현우랑 우리 어울림 식구들이랑 포장마차에서 한잔하고 있거든. 시간 있으면 올 수 있어?"

―가겠습니다!

핸드폰 너머 들리는 목소리에 현우가 피식 웃었다. 신현우의 포스에 눌리는 건지, 아니면 신현우를 동경하는 건지 투킬은 유난스러웠다.

"그래? 온다고? 다른 멤버들도 올 수 있어?"

ー제가 물어보겠습니다.

잠시 통화가 끊겼다.

"다른 친구들도 온답니까?"

손태명이 물었다. 현우로부터 신현우 부녀와 갓 보이스 멤버들 간의 일화를 전해 들었다. 갓 보이스 멤버들이 사고뭉치에 허세가 보통이 아니라는 것은 익히 소문을 들어 모두 잘 알고 있었다.

ー선배님, 지혜도 있습니까?

"지혜? 집에 있을 거야."

ー아, 그렇죠? 형들, 지혜가 몇 살인데 포장마차로 오라고 해요? 아직 초등학생입니다. 무슨 술을 조기교육을 해요? 진짜 제정신들이에요?

핸드폰 너머로 투킬이 형들에게 면박을 주는 상황이 생생하게 그려졌다. 김정우가 쓴웃음을 머금었다.

손태명은 한숨을 내쉬고 있었다. 왠지 모르지만 갓 보이스 멤버들이 썩 내키지 않았다.

"현우야, 이번에는 스치지도 말자."

"뭘 스쳐?"

"진짜 몰라?"

스치기만 해도 인연이다. 현우가 손태명의 말뜻을 이해했다.

엘시와 걸즈파워 1기 멤버들을 영입하긴 했지만 정말 많은 우여곡절을 겪어야 했다. S&H랑은 전면전까지 벌였었다. 손태명은 혹시 모를 일을 걱정하고 있는 것이었다.

"갓 보이스 친구들 괜찮은 친구들이야. 그리고 JG도 회사 멀쩡하잖아. 우리랑 스칠 일 없다. 걱정 마. 그냥 동생들 대하는 것처럼 하자고."

"후우. 그럼 마음 편히 대할 수 있겠다."

손태명이 안심을 했다.

그사이 신현우는 통화를 끝냈다.

"다들 온다는데?"

"그래요?"

현우가 의외라는 얼굴을 했다.

"형님이 마음에 들었나 봅니다."

"그런가?"

신현우가 빙그레 웃었다. 그리고 또 입을 열었다.

"대신 조건이 있다네."

"조건요?"

현우가 미간을 찌푸렸다.

"지혜도 잠깐 보고 싶대. 우리 집 앞 포장마차니까 지혜도 와서 우동 한 그릇만 먹여서 보내자."

"그러죠, 형님."

현우가 피식 웃었다. 갓 보이스 멤버들이 신지혜를 상당히 귀여워하고 있었다.

잠시 후, 신지혜가 먼저 도착을 했다. 현우가 신지혜를 보고는 웃음기를 머금었다. 나름 꾸미고 온 것 같았다.

"지혜야, 왜 그렇게 힘을 주고 왔어?"

"삼촌."

"응."

"여자는 말이에요. 항상 전투태세를 갖추고 있어야 하는 거예요."

"하하. 그래? 그건 누가 가르쳐 준 거야?"

"있어요. 내 멘토 중 한 명."

누군지 말하지 않아도 현우는 대번에 알 것 같았다. 잠시 후, 갓 보이스 멤버들이 밴을 타고 나타났다. JG 쪽 매니저들이 황급히 현우와 어울림 식구들에게 인사를 했다.

"여, 꼬마."

"신. 지. 혜. 라고 했죠, 오징어 오빠?"

"더블 J라니까? 아오."

"더블 불고기 햄버거가 낫겠다, 차라리."

신지혜가 또 혼잣말을 중얼거렸다.

"해, 햄버거?"

더블 J가 휘청거렸다.

하지만 더블 J도 그렇고 갓 보이스 멤버들도 얼굴 표정은 웃고 있었다.

이상하게 신지혜에게 구박을 받으면 받을수록 스트레스가 풀렸다.

"신기하단 말이에요. 지혜한테 욕을 먹고 나면 기분이 좋아져요. 욕쟁이 할머니도 아니고 참."

투 킬이 현우에게 말을 했다.

\*　　　　\*　　　　\*

[장삼우 감독의 신작 영화, 본격 크랭크인!]

[장삼우 감독, 촬영 위해 부산 도착!]

[홍콩 영화계의 거장 장삼우 감독 내한!]

며칠 뒤 포털 사이트에 기사가 하나둘 올라왔다. 드디어 영화 크랭크인 날짜가 장해진 것이었다.

자선 콘서트 이외에는 활동을 쉬고 있는 송지유였다. 오랜만에 들려오는 근황에 대중들의 관심이 다시 모였다.

**[여성 단독 주연 액션 영화, 과연 통할 것인가?]**

홀연히 포털 사이트를 장식하고 있는 기사 하나 때문에 현우와 어울림 엔터테인먼트는 골머리를 썩고 있었다.

　ー아무리 송지유라도 여자 배우 혼자서 단독 주연은 조금;
　ー영화판은 남자 배우 없음 안 된다는 건 진리 아님?
　ー송지유 이번 영화는 살짝 무리수 같은데;
　ー일단 영화 아직 찍지도 않았는데? 벌써부터 망한다고 하지 마요;
　ー지금이라도 남자 주연배우 넣어야 함!

많은 영화 팬들이 송지유 주연의 액션 영화에 의문을 표하고 있었다.

"지유야, 괜찮아?"

"뭐가요?"

현우가 백미러에 비친 송지유의 눈치를 살폈다. 송지유의 손에는 영화 대본이 들려 있었다. 며칠 전에 갓 나온 따끈따끈한 대본이었다.

"신경 안 써요."

"하긴 언제 우리가 주변 사람들 눈치 보면서 일했나?"

현우도 피식 웃어버렸다.

"내가 보여 줄 거예요. 여자 배우가 주연을 해도 훌륭한 영화가 나온다는 걸 말이에요."

"오케이, 갓 지유! 믿습니다!"

현우가 일부러 장난을 쳤다. 송지유가 현우를 보며 생긋 웃었다.

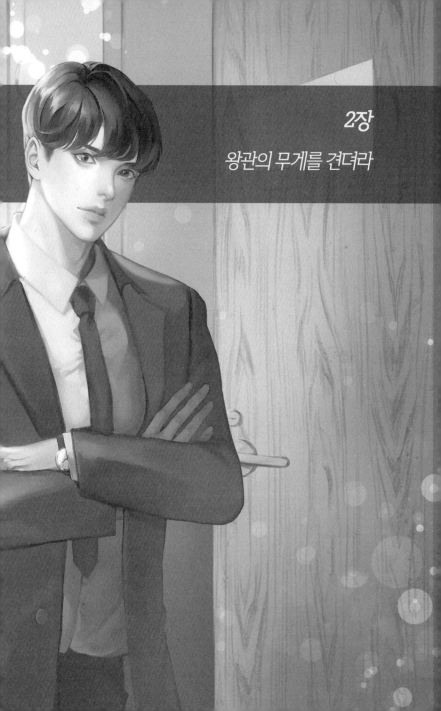

## 2장

왕관의 무게를 견뎌라

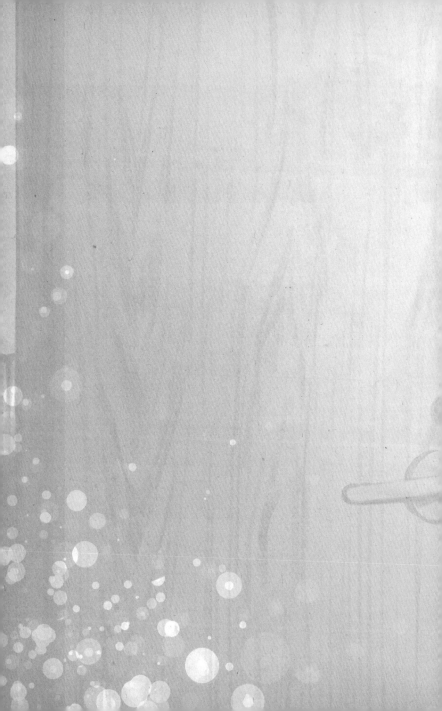

딸깍, 척. 딸깍, 척. 딸깍, 척.

귓가를 울리는 반복적인 소리에 현우가 백미러를 살펴보았다. 대본을 보고 있던 송지유가 이제는 권총을 손에 들고 빠르게 장전 연습을 하고 있었다. 그동안 얼마나 훈련을 했는지 일련의 행동은 정확했으며 무척이나 빨랐다.

"손목 괜찮아?"

"익숙해져서 괜찮아요."

송지유가 영화에서 사용하는 무기는 데저트 이글이라는 커다란 권총이었다. 시커먼 색깔에 마초를 연상시키는 외관이 인상적이었다. 요즘 스턴트 액션을 배우느라 가뜩이나 체중이 감소한 송지유였다. 가녀린 손목에 무리라도 갈까 현우는 신경이 쓰였다.

"그 권총 좀 바꿔달라고 할까? 내가 아까 들어보니까 보통 무게가 아니던데?"

"대신에 멋있잖아요."

송지유가 현우를 향해 권총을 겨누며 말했다. 그 폼이 예사롭지 않았다. 현우가 백미러를 통해 송지유를 보며 피식 웃었다.

"……"

그러다 현우의 시선이 송지유의 손목에서 멈추었다. 파스가 붙여져 있었다. 손목에 파스를 붙여가면서도 송지유는 아프다고, 힘들다고 내색 한번 한 적이 없었다.

그런데 영화판에서는 이런 송지유의 노력은 알지도 못한 채, 이번 장삼우 감독의 느와르 액션 영화가 잘못된 선택이라는 모진 말들을 쏟아내고 있었다.

송지유도 현우의 표정이 그다지 좋지 않음을 캐치했다.

"걱정 말아요. 손목, 진짜 괜찮으니까."

"그럼 마사지 좀 해줄까?"

"…시, 싫어요."

송지유가 얼굴을 붉혔다. 제주도에서 서로의 마음을 확인한 이후로 유달리 송지유는 부끄러움을 많이 탔다. 그 모습이 귀여워서 단 둘이 있을 때면 현우는 일부러 짓궂게 장난을 치곤 했다.

"지유야."

"네."

"이번 영화가 어쩌면 우리의 분수령이 될 수도 있어."

사람이 살다 보면 인생의 전환점이라는 것을 마주하게 된다. 그리고 그때 그 전환점을 어떻게 넘느냐에 따라 많은 것들이 결정되곤 한다. 현우가 생각하기에 송지유의 연예계 전환점은 바로 이번 영화였다.

"오빠가 옆에 있을 거잖아요. 그렇죠?"

"당연하지."

"그러니까 걱정은 하지 않아요."

"그래. 우리 오늘 제작 발표회부터 멋지게 시작해 보자."

운전대를 잡은 현우의 손에 힘이 들어갔다.

\*　　　\*　　　\*

홍콩 영화계의 거장 장삼우 감독이 내한을 했다. 인천국제공항에서부터 취재 열기는 뜨거웠다. 현우와 송지유, 그리고 한국 쪽 배급을 맡은 CV E&M에서 장삼우 감독을 맞았다.

출입국장을 빠져나온 장삼우 감독을 향해 송지유가 꽃다발을 들고 다가갔다. CV E&M 직원들의 눈치를 보고 있던 기자들이 일제히 송지유와 장삼우 감독을 향해 플래시를 터뜨렸다.

선글라스를 쓴 백발의 거장이 송지유가 건네는 꽃다발을 받아 들었다.

"오시는 길은 편안하셨나요, 감독님?"

미국 할리우드에서 한국을 찾은 장삼우 감독이었다. 장삼우 감독이 흐뭇한 미소를 머금었다.

"덕분에 편하게 왔습니다. 그나저나 지유 씨는 그때 몇 달 전에 홍콩에서 봤을 때와는 많이 달라졌군요."

"그렇게 보이나요?"

"고생 많이 했어요. 수고했어요. 허허."

장삼우 감독이 송지유의 어깨를 두들기며 대견해했다. 본래 하늘하늘한 체격에서 체중이 3~4kg은 더 빠진 것 같았다. 밸런스가 훌륭하게 잡힌 송지유를 살펴보며 장삼우 감독이 흡족해했다.

CV E&M 쪽 직원들이 장삼우 감독과 송지유를 경호하며 공항 내에 만들어진 기자회견장으로 그들을 안내했다. 장삼우 감독과 송지유가 나란히 기자회견장에 들어섰다. 기자들의 시선이 현우에게로 모아졌다.

"저도 기자회견 해야 합니까?"

기자들이 앞다투어 고개를 끄덕거렸다. CV E&M 쪽 직원들도 그러기를 바라는 눈치였다. 송지유만큼이나 현우도 어울림 엔터테인먼트를 상징하는 인물이었다. 영화 홍보에 조금이라도 더 도움이 될 것이다.

"김현우 대표님, 이쪽으로 앉으시는 게……."

CV E&M의 여직원 한 명이 현우를 자리로 안내했다.

"뭐, 그럼 그렇게 하죠."

현우가 송지유의 옆에 앉았다. 송지유가 살짝 웃으며 현우에게 속삭였다.

"오빠가 옆에 있으니까 마음이 놓여요."

"그래? 다행이네."

현우도 조용히 웃었다. 다정한 두 사람의 모습에 기자들이 플래시를 터뜨렸다. 그리고 본격적으로 기자회견이 시작되었다.

기자들은 예의상 처음에는 장삼우 감독의 근황에 대해 묻거나, 송지유의 근황에 대해 물었다. 어느 정도 형식적인 질문들이 지나가자 영화 잡지 쪽 기자들이 드디어 진짜 질문을 늘어놓기 시작했다.

"시네마 23에서 나왔습니다. 장삼우 감독님은 영웅본색 시리즈를 통해 홍콩 영화계의 전성기를 이끌었다는 평가를 받고 있습니다. 하지만 90년대 후반부터는 할리우드에 진출을 하셨습니다. 그 후 홍콩 영화계는 침체기에 빠져 있는데요. 홍콩 영화계의 핵심 인물로서 지금의 상황에 대한 소회를 듣고 싶습니다."

자칫 민감한 질문이었다. 하지만 통역을 전해 들은 장삼우 감독은 표정 하나 변하지 않았다.

"그렇습니다. 홍콩 영화계는 물론 중화권 영화계는 예전에 비해 여러 면에서 고전을 면치 못하고 있습니다. 하지만 저는 이 또한 과도기라고 생각하고 있습니다. 어둠이 있어야 빛도 찾아오는 법이지요."

기자들이 고개를 끄덕거렸다. 시네마 23의 기자가 다시 질문을 이어갔다.

"한국 시장을 중심으로 영화를 제작하기로 결정한 이유를 알고 싶습니다, 장삼우 감독님."

"과거 80년대에 처음 찾은 한국은 영화 불모지였습니다. 그때 홍콩 스타들을 향해 많은 한국 국민 여러분이 큰 사랑을 보내주셨습니다. 저희 홍콩 영화도 덕분에 많은 사랑을 받았습니다. 저는 한국 국민들의 영화를 향한 사랑에 크게 감명을 받은 적이 있었습니다. 언젠가 꼭 한국에서 영화를 제작하고 싶었습니다."

장삼우 감독이 잠시 말을 쉬고 송지유를 쳐다보았다.

"페르소나, 송지유라는 배우를 처음 봤을 때 꼭 저의 페르소나를 보는 것 같았습니다. 시나리오가 떠올랐고, 이틀 만에 시나리오를 썼습니다."

장삼우 감독의 발언에 기자들이 술렁였다. 현우와 송지유는 이미 장삼우 감독을 통해 이 이야기를 알고 있었지만 공식적인 석상에서는 최초로 공개되는 캐스팅 비화였다.

기자들이 마구 플래시를 터뜨렸다.

그런 다음에 여러 질문들이 쏟아졌다.

"송지유라는 배우에 대해 평가를 해주시겠습니까?"

"한동안 미국 LA에서 지내다가 홍콩으로 돌아왔는데, 손주 녀석들이 노트북으로 송지유 양이 출연하고 있는 예능 프로그램을 보고 있더군요. 그때 처음 송지유 양을 봤습니다. 그 후에는 직접 한국으로 와서 '그와 그녀의 흔한 첫사랑'을 봤습니다. 송지유 양은 타고난 연기자입니다. 극 중 캐릭터에 완벽하게 몰입을 하는 그런 배우일 겁니다."

장삼우 감독의 말에 현우와 송지유도 조금은 놀랐다. 설마하니 직접 한국까지 와서 '그그흔'을 봤으리라고는 생각지도 못했기 때문이다.

송지유는 살짝 감동을 받았다. 몇 달 동안 파주 액션 스쿨에서 고된 훈련을 했던 나날들이 아깝지 않다는 생각이 들 정도였다.

그사이 기사로도 접했던 불편한 질문이 드디어 등장을 했다.

"한국 영화계는 물론 전체 영화계에선 여자 배우의 단독 주연 작품에 대한 부정적인 시선이 큽니다. 어떻게 생각하시는지요?"

장삼우 감독이 조용히 팔짱을 꼈다. 홍콩 영화계의 투자자들도 이번 송지유 주연의 영화를 한류 스타가 출연하는 일종의 캐시 무비 취급을 하고 있었다.

"이 문제는 비단 한국 영화계만의 문제가 아닙니다. 전 세계적으로 가장 남성적인 집단이 바로 영화계이지요. 영화계에서 활약을 하고 있는 수많은 여성들이 존재하지만 막상 영화 속에서 여성은 늘 약자로 그려지는 편입니다. 이건 우리들 모두의 책임이라고 생각을 합니다. 이번 영화를 계기로 이런 인식이 조금은 변했으면 하는 바람입니다. 그리고 송지유 양은 주연배우로서 훌륭한 영화를 만들어줄 거라 믿습니다."

장삼우 감독의 발언에 기자들도 생각에 잠겼다. 그리고 이번에는 송지유를 향해 질문들이 쏟아졌다. 비슷한 맥락의 질문이 또 나왔다.

"송지유 씨는 국민 소녀로 불리며 국민들의 뜨거운 사랑을 받고 있는데요. 지금까지 송지유 씨는 승승장구를 해왔다고 해도 과언이 아닙니다. 음반, 영화, 예능 모든 분야에서 큰 성과를 나타냈습니다. 이번 영화는 첫 단독 주연 영화입니다. 항간에서 쏟아지는 우려에 대해 어떻게 생각하십니까?"

송지유가 마이크를 들었다. 그리고 조용히 입을 떼었다.

"지난 몇 달 동안 이 영화를 위해서 정말 많은 준비를 했어요. 스턴트 액션도 열심히 배웠습니다. 사실 많이 긴장되기도 해요. 책임감도 많이 들어요. 늘 그랬듯이 제가 할 수 있는 것보다 더 최선을 다 할 생각이에요. 지켜봐 주세요. 영화로 보여 드리겠습니다."

송지유는 당당했다. 송지유의 당당함에 기자들도 더 이상은 할 말이 없었다.

\*     \*     \*

인천국제공항에서의 기자회견이 끝났다. 장삼우 감독은 송지유의 스턴트 액션을 직접 두 눈으로 확인을 하고 싶어 했다.

파주 액션 스쿨 실내 체육관 안에 긴장감이 어려 있었다. 장삼우 감독과 그 휘하 연출진들 모두가 송지유를 지켜보고 있었다.

검은색 트레이닝 슈트 차림의 송지유가 질끈 머리를 하나로 동여맸다.

"지유 씨, 연습하던 대로만 하자고. 알았지?"

그동안 송지유를 가르쳤던 무술 사범 정민식이 거장 앞에서 긴장을 머금고 있었다. 송지유가 고개를 끄덕였다. 액션 스쿨의 스태프들이 송지유의 어깨에 와이어를 걸었다.

"자, 그럼 스타트!"

액션 영화에서는 기본적으로 사용되는 스턴트 동작들이 몇 가지 있었다. 송지유가 와이어를 매단 채 허공으로 솟아올랐다. 퍽! 샌드백을 향해 송지유가 발차기를 날렸다. 샌드백이 흔들리며 송지유가 그대로 장애물을 향해 뛰기 시작했다. 드럼통 장애물을 연달아 다섯 개나 점프로 넘은 송지유가 다시 달리기 시작했다.

다다다! 송지유가 이를 악물고 도움닫기를 했다. 앞을 가로막고 있던 스턴트 배우 3명을 그대로 뛰어넘어 송지유가 깔끔하게 바닥을 구르며 낙법을 보였다.

"그렇지!"

정민식이 쾌재를 불렀다. 이윽고 송지유의 사방을 스턴트 배우 다섯 명이 둘러쌌다. 이번 장면은 영화 대본에도 있는 액션 장면이었다.

송지유가 정민식 사범에게 배운 대로 두 주먹을 가까이 쥐며 자세를 취했다. 빠른 속도와 근거리 타격을 중심으로 하는 영춘권이었다. 영춘권은 청나라 말기 엄영춘이라는 여성이 여성의 체형과 힘에 맞게 설계를 한 권법으로, 불세출의 액션 스타 브루스 리가 영향을 받은 무술이기도 했다.

"오호."

현우가 송지유를 보며 감탄을 했다. 눈빛과 자세부터 시작해서 진짜 무도 소녀를 보는 것 같은 느낌이 났다. 송지유의 눈동자가 매서워졌다. 호흡도 달라졌다.

스턴트 배우들이 시간차를 두고 송지유에게 달려들었다. 물론 수많은 연기를 통해 합을 맞춘 것이었지만 송지유는 대단했다. 영춘권을 능숙하게 연기하듯 펼치며 스턴트 배우들을 부드럽게 제압했다. 상대방의 힘을 부드럽게 역이용하는 영춘권이 현우의 눈앞에서 펼쳐졌다.

1, 2분 만에 장정 네 명이 바닥에 쓰러졌다. 송지유는 호흡 하나 흐트러지지 않고 무사히 스턴트 연기를 펼쳐냈다.

"됐다! 좋았어. 지유 씨! 최고야, 최고! 하하!"

정민식 사범과 바닥에 쓰러져 있던 스턴트 배우들이 서로를 껴안으며 환호를 했다.

"연습한 게 또 있어요. 보여 드릴게요. 오빠, 총."

현우가 손에 들고 있던 데저트 이글을 송지유에게로 내밀었다. 딸각, 척! 딸각, 척! 송지유가 빠르게 총을 장전하고 장삼우 감독을 겨누었다. 차가운 눈빛과 함께 총구가 겨누어져 있었지만 장삼우 감독은 입이 귀에 걸려 있었다.

"허허허! 정말 훌륭합니다! 훌륭해!"

수행원들도 박수를 쳤다. 단 몇 달 사이에 여리고 여린 여자 배우가 잔혹한 킬러로 변신해 있었다. 단순히 스턴트 액션만 훌륭한 것이 아니었다. 감량된 체중만큼이나 송지유는 날이 잔뜩 서 있었다.

차가운 인상을 넘어 싸늘함까지 풍겼다. 장삼우 감독이 좀처럼 송지유에게서 눈을 떼지 못했다.

영화 속 주인공인 '흑화'와 똑같았다. 장삼우 감독이 머릿속으로 상상한 그대로였다.

"이제 하나만 해결하면 되겠습니다. 허허."

장삼우 감독이 기분 좋게 웃으며 말했다. 영화 촬영이 늦어진 데에는 송지유가 스턴트 액션을 배우기 위한 까닭도 있었지만, 시나리오가 수정되었기 때문이었다.

송지유가 연기할 '흑화'와 함께 극 중 주인공이 한 명 더 존재했다. 하지만 이 역을 연기할 배우를 장삼우 감독은 아직까지도 찾지 못하고 있었다.

극 중 또 다른 주인공인 이 캐릭터는 12살 소녀 '선우정아'였다. 문제는 12살이라는 설정에 맞지 않는 캐릭터를 가지고 있다는 것이었다. 홍콩이나 중화권 아역 배우들을 물색하며 오디션을 보고 미국까지 가서 오디션을 개최했지만 마땅한 배우를 찾아낼 수가 없었다.

당연했다. 나이는 10살에서 12살 근처여야 했고, 작은 체구를 가지고 있어야 했다. 무엇보다 섬세한 연기력이 필요했다.

그리고 장삼우 감독은 한국으로 오기 며칠 전에 '선우정아' 역을 연기할 배우를 찾아내었다. 현우를 통해서였다.

신지혜가 출연하고 있는 '신新 콩쥐팥쥐전'을 본 것이었다. 서유희가 연기하는 연민정의 광기에 맞서 연기를 펼치는 신지혜의 재능을 알아본 것이었다.

"지혜 양은 언제 볼 수 있을까요, 김현우 대표님?"

수행원 한 명이 물었다. 현우는 장삼우 감독과 영화에 대해 대화를 주고받는 송지유를 쳐다보며 핸드폰을 꺼내 들었다.

"연락해 보겠습니다."

─응, 현우야. 지금 다 왔어. 지유는 어떻게 됐어?

손태명의 목소리였다.

"지유잖아. 영춘권을 펼치는데, 난 진짜 엄영춘이 돌아온 줄 알았잖아."

─역시. 걱정을 한 우리가 바보지.

"지혜는?"

─옆에서 대본 보고 있어. 벌써 몰입했다. 말도 못 걸게 하네.

"귀여운 녀석."

현우가 씩 웃었다.

통화가 끝나고 잠시 후, 손태명이 신지혜의 손을 잡고 나타났다. 평소 장난기 넘치던 모습은 없고 신지혜가 더없이 진지한 표정을 하고 있었다.

*　　　*　　　*

파주 액션 스쿨 내 공기는 긴장감으로 무거워져 있었다. 손태명의 손을 잡고 나타난 신지혜는 평소의 악동 같은 모습 대신 배우로서의 모습을 보이고 있었다.

'조그만 녀석이 제법인데? 진지해.'

현우가 속으로 웃으며 신지혜에게 다가갔다.

"왔어, 지혜야?"

"삼촌, 장 감독님은 어디에 계셔?"

신지혜가 장삼우 감독부터 찾고 있었다. 눈빛도 진지한 게 신지혜도 단단히 마음을 먹은 것 같았다. 현우가 신지혜가 내미는 손을 잡았다.

"저기 연습실에서 지유랑 영화 시나리오를 보고 계실 거야. 어떻게, 삼촌이 차에서 청심환 하나 가져다줄까? 조금만 먹을래?"

"지혜한테 벌써부터 좋은 거 가르친다, 김현우."

손태명이 팔짱을 낀 채 고개를 저었다. 현우가 피식 웃었다. 송지유도 무모한 형제들 첫 촬영 때 청심환의 효과를 본 적이 있었다.

"그냥 해본 말이지. 이번 영화에 지혜까지 캐스팅이 되면 지혜 연예인 인생에 엄청난 초석이 될 거야, 태명아."

"꼭 흥행할 거라는 소리처럼 들린다?"

"흥행할걸? 아니, 무조건 흥행한다."

현우의 말에 손태명도 현우처럼 피식 웃었다. 요즘 연예계에서 마이다스의 손은 이장호 회장이 아닌 친구 김현우였다.

"천하의 김태식을 믿어봐야지 뭐. 들어가자."

"오케이. 지혜도 준비된 거지?"

"응! 배우 모드 준비 완료!"

신지혜가 현우와 손태명의 손을 하나씩 잡고 휴게실로 향했다.

휴게실에선 장삼우 감독과 송지유가 영화에 대해 심도 깊은 대화를 나누고 있었다. 끼익, 문이 열리자 장삼우 감독의 고개가 돌아갔다.

장삼우 감독의 시선이 현우와 손태명 사이에 서 있는 신지혜에게서 멈추었다. 장삼우 감독이 슬쩍 의자에서 일어났다.

신지혜가 얼른 인사를 했다.

"안녕하세요? 올해 초등학교 5학년에 올라가는 12살 여배우 신지혜라고 합니다, 감독 할아버지!"

송지유가 옆에서 간단하게 통역을 했다.

"여배우? 허허. 그렇지, 여배우지요."

장삼우 감독이 신지혜를 보며 인자한 미소를 머금었다.

"앉아요, 신지혜 양."

신지혜가 장삼우 감독을 앞에 두고 의자에 앉았다. 장삼우 감독도 의자를 마주 두고 앉았다. 신지혜의 손에는 영화 시나리오가 들려 있었다.

"지혜 양, 영화 속 선우정아를 보면서 어떤 생각을 했어요? 편하게 대본을 읽고 나서 느낀 점을 말해보도록 해요."

언뜻 보면 손녀에게 툭 던지는 가벼운 질문 같았지만 현우는 장삼우 감독의 의도를 파악할 수 있었다.

'지혜한테 캐릭터 분석을 요구하고 있어. 역시 명장이라 이건가.'

현우도 내심 긴장을 하며 신지혜를 내려다보았다. 지금 신지혜는 심층 오디션을 보고 있는 것이나 마찬가지였다.

"죽여 버리고 싶을 것 같아요. 전부 다."

신지혜의 서늘한 대답에 현우와 손태명, 그리고 송지유가 살짝 놀랐다. 하지만 이내 송지유가 살짝 미소를 머금었다. 인자한 미소를 짓고 있던 장삼우 감독이 순간 진지해졌다.

"죽이고 싶다?"

"네. 정아는 다 잃었잖아요. 아무것도 남은 게 없어요. 아빠도 없고 엄마도 없어요. 다 죽었어요. 나쁜 사람들이 죽였어요. 그러니까 저라면 얼른 커서 다 죽이고 싶을 거예요."

"정아는 어떤 아이 같아요?"

"착한 척, 약한 척하는 나쁜 아이에요, 감독님."

"허허."

장삼우 감독이 헛웃음을 흘렸다. 신지혜가 말을 계속해서 이어갔다.

"지금은 어리고 작아서 착한 척하지만 커서 복수하려고 할 거예요. 영화 속 세상은 그런 세상이잖아요."

"허허."

장삼우 감독의 헛웃음은 계속되고 있었다. 잠시 생각에 잠겨 있던 장삼우 감독이 다시 입을 열었다.

"지혜 양이 가장 마음에 들었던 대사를 해봐요."

"아무거나 괜찮아요? 사실 마음에 드는 대사가 몇 개 있긴 했어요, 감독 할아버지."

"그래요."

"네. 그럼 할게요. 언니, 도와줘."

"응."

다리를 꼬고 있던 송지유가 자리에서 일어나 신지혜의 앞에 다가섰다. 신지혜도 의자에서 일어났다. 그리고 살짝 고개를 숙여 감정을 잡았다. 머리카락까지 손수 헝클였다. 장삼우 감독이 고개를 끄덕였다. 간단하게 머리카락을 세팅해서 분위기를 연출하는 순발력까지, 여러모로 타고난 아이였다.

신지혜가 슬픔과 서늘함에 잠긴 얼굴로 송지유를 올려다보았다.

"엄마라고 부르지 않을래요. 엄마가 또 죽는 건 싫어요. 한 번이면 충분해요. 그러니까 내가 엄마라고 부르게 하지 마세요. 죽지 말아요. 복수는 한 번이면 충분하니까요. 죽지 말아요."

서늘함에 잠겨 있던 신지혜가 송지유의 품에 안겼다. 송지유는 대답이 없었다. 대신 차가운 무표정 속에 묘한 감정이 흐르고 있었다.

격한 어조도, 울음도, 눈물도 없었지만 비장미가 흐르는 장면에 현우와 손태명은 숨도 제대로 쉴 수가 없었다. 그저 서로를 보며 고개를 끄덕일 뿐이었다.

장삼우 감독이 의자에서 벌떡 일어났다. 현우와 손태명이 긴장된 표정으로 장삼우 감독을 주시했다. 둘이 보기에 송지유와 신지혜의 케미는 더없이 좋았다. 같은 감정에 몰입한 두 배우는 고독이라는 동질감을 공유하고 있었다.

'문제는 장삼우 감독님의 결정인데 말이야.'

선우정아 역을 캐스팅하기 위해 홍콩, 중국, 할리우드까지 싹 돌고 온 장삼우 감독이었다. 장삼우 감독의 에이전트로부터 수많은 아역 배우들이 오디션 탈락을 했다는 이야기를 전해 들었다.

현우는 은근히 초조했다.

"…신지혜 양을 캐스팅하겠습니다. 허허!"

장삼우 감독의 결정에 현우와 일행의 얼굴이 밝아졌다. 신지혜가 생글생글 웃으며 장삼우 감독에게 다가섰다.

"저 잘할 수 있어요! 헤헤!"

살갑게 애교까지 부리자 장삼우 감독이 허허 웃었다. 그러다 신지혜가 진지한 표정을 했다.

"으! 배고파! 삼촌, 언니!"

신지혜가 다시 본연의 아이로 돌아갔다.

"차에 간식 있으니까 가서 좀 먹자. 감독님한테 인사드리고."

"응, 태명 삼촌. 감독님! 오늘 정말 감사했어요! 저 연습 엄청 할 거예요!"

신지혜가 손태명의 손을 잡고 먼저 휴게실을 나섰다. 현우도 따라 몸을 돌리려는데 장삼우 감독이 불러 세웠다.

"김현우 대표님."

"예, 감독님. 말씀하시죠."

"지혜 양, 말입니다."

"예, 감독님."

현우는 살짝 긴장을 했다. 장삼우 감독이 무슨 말을 할지 몰랐기 때문이었다. 송지유도 고개를 갸웃했다.

"여기 지유 양도 그렇지만 지혜 양도 대배우가 될 겁니다. 꼭 중국의 대배우 청리를 보는 것 같더군요. 잘 다듬어줘야 할 겁니다. 하늘이 내린 재능인 만큼, 어려운 일도 있을 겁니다."

'대단한 안목이구나. 이런 게 거장인가?'

현우는 내심 속으로 놀랐다. 신지혜도 송지유나 이솔처럼 황금빛 재능의 아이였다. 거장은 이를 알아보고 있었다.

"예. 제 조카다, 생각하고 키워볼 생각입니다, 감독님."

"그래요. 허허."

"그럼."

현우가 씩 웃으며 송지유를 데리고 휴게실을 나섰다.

*　　　*　　　*

어울림 엔터와 송지유를 상징하는 초록색 밴이 어울림 본사 앞으로 들어섰다. 밴 뒤편으로 손태명의 SUV가 따라 들어섰다.

철컥, 연달아 문이 열리고 현우와 손태명이 각각 송지유와 신지혜를 에스코트했다. 장삼우 감독의 신작 영화에 신지혜까지 캐스팅되었다는 사실에 현우와 손태명은 얼굴이 상기되어 있었다.

"근데 왜 회사에 아무도 없어?"

현우가 머리를 긁적였다. 퇴근 시간 무렵이긴 했지만 사무실이 썰렁했다. 최영진도, 고석훈도, 유선미나 이혜은 같은 직원들도 모두 보이지 않았다.

"태명이 네가 일찍 퇴근하라고 했냐?"

"아니? 그런 말 한 적 없는데?"

손태명도 어리둥절했다.

"다들 핸드폰 없어요? 연락해 보면 간단한 건데."

송지유가 핸드폰을 꺼내 들려 했다. 그때였다. 손태명이 먼저 핸드폰을 확인하고는 급히 입을 열었다.

"코코넛 톡 왔었네. 일찍들 퇴근했다는데?"

"그래요?"

송지유가 물었다. 손태명이 고개를 끄덕였다.

"응. 그런 모양이야. 출출한데 우리도 근처에서 저녁 먹고 헤어지자. 간만에 삼겹살에 소주 콜?"

"오케이!"

현우가 먼저 콜을 외쳤다.

"나도! 우리 아빠도 오라고 해, 태명 삼촌!"

신지혜도 헤헤 웃으며 말했다.

"……"

송지유가 슥 팔짱을 꼈다. 어울림 매니저들의 건강 지킴이가 있다면 바로 송지유였다. 요즘도 가끔 정체불명의 건강 음식과 음료를 들고 오는 송지유였다.

"오늘은 좋은 날이잖아. 몇 달 동안 훈련했던 스턴트 액션도 감독님한테 훌륭하게 보여 드렸고, 덩달아 지혜도 캐스팅되었고. 안 그래, 지유야?"

현우가 설득을 시도했다.

"대신."

"대신?"

"내일 건강 음료 만들어올게요."

"그… 맹독 주스?"

"해독 주스겠죠."

손태명의 농담에 송지유가 눈을 흘겼다. 도라지를 베이스로 11가지 채소를 섞은 송지유표 해독 주스는 근래 어울림에서 악명을 떨치고 있었다. 하지만 다들 어쩔 수가 없었는데, 확실히 건강에는 좋았기 때문이었다.

"해독 주스, 내일 만들어올게요."

송지유의 예고에 현우와 손태명이 잠시 서로를 보며 갈등했다. 그러다 고개를 끄덕였다. 극적으로 협상이 타결되고 현우 일행은 단골 삼겹살 가게로 향했다.

"하하, 참."

가게 문을 열자마자 현우가 헛웃음을 흘렸다. 일찍 퇴근했다던 어울림 직원들은 물론이고 어울림의 모든 식구들이 다 그곳에 모여 있었다.

그리고 그 중심에서 엘시가 장난스럽게 웃고 있었다. 현우가 피식 웃어버렸다.

"이다연 씨가 며칠 또 심심했던 모양이네. 다연이 네가 깜짝 회식 계획한 거지?"

"빙고! 요즘 우리들도 심심했어요. 그리고 지유가 파주에서 훈련하느라 그동안 고생 많았잖아요. 지혜도 캐스팅된 것 같고 해서 소소하게 회식 한번 준비해 봤어요. 잘했죠?"

엘시가 눈을 찡긋했다.

"이 실장님이 수고가 많네."

현우의 농담에 어울림 식구들이 웃음을 터뜨렸다. 요즘 들어 회사 내에서 엘시에게 이 실장이라는 별명이 생겼다.

"자! 그럼 고기 조는 고기를 구우세요!"

엘시의 지시 아래 이솔과 i2i 멤버들이 고기를 굽기 시작했다. 현우는 그 모습을 보며 조용히 웃기만 했다.

\*　　　\*　　　\*

"음."

회식을 마치고 늦은 밤, 현우는 집으로 귀가하지 않고 대표실로 돌아와 생각에 잠겨 있었다. 장삼우 감독과 헤어지기 전, 현우는 생각하지 못했던 한 가지 제안을 받았다. 그리고 그 제안을 놓고 지금 생각을 거듭하고 있었다.

탁! 맥주 캔 따개가 열리며 탄산이 튀었다. 현우가 습관적으로 맥주를 마셨다.

"해독 주스, 한 잔 추가할게요."

소파에 앉아 목도리를 짜고 있던 송지유가 조용히 말했다. 엘시가 그 모습을 보며 킥킥 웃어댔다.

"태명아."

현우의 나지막한 목소리에 손태명이 홀짝이던 맥주를 내려놓았다.

"결정했냐, 김현우?"

"어느 정도는 가닥을 잡았는데, 너도 알다시피 갑작스러운 제안이었잖아."

"그렇긴 하지. 음… 그럼 창성 영화사 박창준 대표님한테 자문을 구해보는 건 어때?"

"박 대표님?"

송지유와 서유희가 출연했던 '그와 그녀의 흔한 첫사랑'의 제작자였던 박창준 대표라면 확실히 조언을 구할 만했다.

현우가 곧장 핸드폰을 들었다.

―아이고! 우리 김현우 대표님, 이 시간에 무슨 일입니까?

"잘 지내셨죠, 대표님?"

―하하! 그럼요! 잘 지냈습니다. 슬슬 새 영화 준비하려고 성민이랑 계획 중에 있습니다. 아, 그리고 오늘 기자회견 잘 봤습니다.

"감사합니다. 저, 대표님. 사실은 한 가지 상의드릴 게 있어서 연락을 드렸습니다."

―상의요? 어울림 엔터 김현우 대표님이 저랑 무슨 상의를 합니까? 하하!

현우가 피식 웃었다. 늘 유쾌한 사람이 바로 박창준 대표였다.

"아무래도 영화 쪽은 저보다 박 대표님이 전문가이시지 않습니까?"

―그렇게 말씀을 해주시니 기분은 좋군요. 장삼우 감독님이랑 찍는 영화랑 관련된 겁니까, 혹시?

"네. 그렇습니다."

―음. 역시 그렇군요. 대표님도 아실지 모르겠지만 지금 대한민국 충무로에서도 이번 영화를 두고 말이 많아요. 여성 주연 영화이기도 하고, 또 홍콩이랑 미국 쪽 합작으로 제작하는 영화다 보니까 불편한 시선이 있는 건 사실입니다.

"그렇겠죠."

현우는 고개를 끄덕였다. 한국 영화판이 커지면서 생긴 부작용 중의 하나가 바로 충무로가 배타적으로 변하고 있다는 사실이었다.

'고인 물은 썩게 마련이야.'

S&H가 그랬다. 공룡 기획사로 불리던 S&H는 지금은 회생을 위해 절치부심 중이었다. 새롭게 합류한 실장 김정우의 말에 따르자면 이석우 실장은 외부 인재들을 대거로 영입하며 개혁을 시작 중이었다.

—어쨌든 이번 영화가 잘되기를 바라는 영화인들은 별로 없을 겁니다. 우스운 일이죠. 투자자를 구하지 못하고 투자사 눈치나 보는 주제들이면서 외국계 투자사를 홀대하는 꼴이라니요.

"박 대표님은 저희 영화 어떻게 보십니까?"

—물어서 뭐 합니까?

"예?"

—지유 씨가 출연을 하고, 거장이 메가폰을 잡는데 말이에요. 더 말이 필요할까요?

단순 명료하면서도 정확한 말에 현우가 살짝 웃었다. 손태명도 웃고 있었다.

"조언 감사합니다, 박창준 대표님. 언제 김성민 감독님이랑

다 같이 술 한잔하시죠. 제가 사겠습니다."

─좋죠! 하하! 그럼 끊겠습니다.

"예. 들어가세요."

현우가 통화를 마쳤다. 딱, 딱, 손가락으로 책상을 두드리던 현우가 조용히 고개를 들었다.

"결정했어요?"

송지유가 물었다. 현우가 고개를 끄덕였다. 그리고 주먹을 불끈 쥐었다.

"그래, 가즈아!"

*　　　*　　　*

[어울림 엔터, 송지유 출연 신작 영화에 투자 결정!]

[김현우 대표의 첫 영화 투자? 투자 금액만 무려 30억?!]

[송지유에 이어 떠오르는 아역 스타 신지혜도 영화 동반 출연!]

다음 날, 언론은 앞다투어 기사들을 쏟아내었다. 송지유와 신지혜가 영화에 동반 출연을 한다는 소식과 더불어, 어울림 엔터의 투자 결정 소식까지 전해지자 온, 오프라인에선 의견이 분분했다.

―어울림에서 영화에 투자를 한다고? 음, 30억이면 꽤 큰 돈 아닌가?

―i2i 일본 매니지먼트 계약금으로 투자하는 듯

―걸즈파워 1기 멤버들 위약금을 최소화하기는 했지만, 30억이면 어울림 엔터 입장에서는 엄청 큰 돈; 김태식이 이 악문 듯;

―그그흔처럼 흥행만 하면 대박이지. 확실히 영화처럼 제대로 벌 수 있는 수단은 몇 없음


대중들은 대체적으로 현우와 어울림 엔터의 영화 투자 소식에 기대감을 품고 있었다. 하지만 문제는 대한민국 영화판인 충무로였다.

박창준 대표로부터 즉각 연락이 왔다.

―현우 대표님, 진짜 투자할 생각이에요? 그래서 어제 전화한 겁니까?

늘 유쾌한 박창준 대표의 목소리가 유독 진지했다.

"네, 그렇습니다. 박 대표님 조언이 큰 참고가 되었습니다."

―음. 제가 어제 말씀드린 것처럼 이번 영화는 저도 느낌이 좋습니다. 마음 같아서는 우리 창성도 투자를 하고 싶기는 합니다. 하지만 충무로 쪽 눈치 때문에 어쩔 수가 없군요. 아쉽습니다.

"박 대표님, 하나만 묻고 싶습니다. 대체 충무로 쪽에서 이번 지유 영화를 두고 왜 이렇게 말이 많은 겁니까? 솔직히 저는 이해가 되지 않습니다. 지금도 영화관에는 할리우드산 블록버스터 영화들이 걸리고 있지 않습니까?"

핸드폰 너머로 잠시 말이 없었다. 박창준 대표의 목소리가 다시 들려왔다.

―충무로 쪽에서 두려운 겁니다.

"두려워요?"

현우가 얼굴을 굳혔다. 생각하지도 못했던 대답이었다.

―어찌 되었든 어울림은 가요계를 주름잡고 있던 S&H도 밀어낸 곳입니다. 충무로에서는 어울림이 영화관에도 뛰어드는 걸 경계하고 있는 겁니다.

"하아."

현우가 이마를 짚었다. 회의실에 모여 있던 어울림 식구들도 현우를 보며 고개를 갸웃했다. 현우는 입맛이 썼다.

현우는 연예 기획사와 영화사 간의 경쟁을 통해서 가요계나 영화계의 수준이 향상될 것이라는 생각을 기본적으로 가지고 있었는데, 대다수의 업계 관계자들은 그게 아닌 모양이었다.

돈. 오직 돈을 위해 문화 사업을 하고 있다는 느낌이 들었다.

―80년대, 90년대 홍콩 영화계를 그대로 따라가고 있는 겁

니다. 근데 모릅니다. 워낙에 불공정한 현실에 순응을 잘하는 게 우리 민족 아닙니까? 현우 대표님 같은 사람 몇 명 나오면 어떻게든 되겠죠. 하하! 어쨌든 충무로 쪽 동향은 제가 틈틈이 전할 테니 걱정 말고 영화 크랭크인 끊으십시오. 현우 대표님, 어울림은 국민 기획사가 아닙니까? 온 국민이 어울림 편인데 무서울 게 있어요?

"하하. 그런가요? 감사합니다, 박 대표님. 어제, 오늘 제가 신세만 지네요."

—아이고! 신세는요. 강남 한복판에 영화사 차린 게 다 어울림 덕분인데요. 뭐, 그래도 정 그러시다면 부탁 하나 하겠습니다.

"얼마든지요."

현우가 피식 웃었다.

—우리 아들 녀석이 지유 씨랑 i2i 팬입니다. 회사 한번 구경하고 싶다고 그렇게 조르니 원.

"네, 좋죠. 그럼 연락 주십시오."

—그래요, 들어가요.

통화가 끝이 났다. 핸드폰을 내려놓고 현우가 소리 없이 한숨을 내쉬었다. 회의실에 모여 있던 어울림 식구들이 현우를 쳐다보고 있었다.

오랜만에 슈트를 입고 출근한 현우가 넥타이를 바로 했다.

"박창준 대표님이 뭐라고 하시는데?"

실장 손태명이 안경을 고쳐 쓰며 물었다.

"충무로 쪽에서 우리가 이번 영화에 투자하는 걸 경계하고 있단다. 탐탁지 않게 생각하고 있는 모양이야."

"이유는?"

그때 새로 실장으로 합류한 김정우가 조용히 입을 열었다.

"밥그릇을 뺏길까 두려울 겁니다. 이 바닥의 생리죠."

손태명이 현우에게 눈빛으로 진짜냐고 묻고 있었다. 현우가 고개를 끄덕였다.

"박창준 대표님도 그런 뉘앙스로 말씀을 하시더군요."

"S&H를 간신히 넘었더니 이제는 대한민국 영화판이에요?"

팀장 최영진이 길게 한숨을 내쉬었다. 김철용이 벌떡 일어섰다.

"형님!"

"응, 철용이 말해봐."

"어쩐지 유희 누님한테 밀려들던 영화 시나리오도 확실히 줄었습니다."

"그래? 얼마나?"

현우가 눈동자를 빛냈다. 악녀 연기 덕에 국민 악녀로 거듭난 서유희는 20대 여배우 중 독보적으로 주목을 받고 있었다. 매일 충무로 영화사 쪽에서 시나리오가 밀려들었다. 그런데 전담 매니저인 김철용이 흥미로운 사실을 전하고 있었다.

"3분의 1 정도로요. 그래서 그런 거였습니다. 진짜 치사들 하네요."

김철용이 씩씩거렸다.

"철용아, 화내지 마. 괜찮아."

서유희가 그런 김철용을 다독였다. 현우는 팔짱을 꼈다. 충무로에 자리 잡고 있는 기존 영화사들의 눈치를 보느라 투자를 철회할 생각은 절대 없었다.

"대표님."

김정우가 조용히 말을 꺼냈다.

"네, 말씀하시죠."

"우리 어울림에게로 쏟아지는 견제와 관심은 어떻게 보면 당연한 겁니다. 그럴 만한 위치에 올라 있으니까요."

대한민국 4대 기획사, 그리고 이보다 더 무거운 칭호인 국민 기획사. 앞으로 어울림은 타 기획사들의 집중 견제 대상이었다. 지금도 송지유의 컨셉을 벤치마킹한 신인 여가수들이 쏟아지고 있는 실정이었다.

MBS의 '프로듀스 아이돌 121'을 통해 i2i가 탄생하면서 타 공중파 방송이나 케이블 방송에서는 앞다투어 아이돌 오디션 프로그램이 쏟아지고 있었다. 어디 그뿐인가? 락커 신현우가 부활을 하면서 90년대나 2000년대에 활동을 했던 락 발라드

가수들도 서서히 모습을 드러내고 있었다.

"현우 대표님은 현우 대표님이 하고자 하는 걸 그대로 하면 됩니다. 지금 연예계에서 어울림보다 앞서 있는 곳은 없으니까요."

김정우의 조언에 현우는 많은 생각에 잠겼다. 그러다 피식 웃었다. 마음이 한결 편안해졌다.

"확실히 정우 형님을 회사로 영입하기를 잘한 것 같습니다."

김정우가 어색하게 웃었다.

"걸즈파워를 만든 사람인데 당연한 거 아니에요?"

김정우를 어울림으로 데리고 오는 데 가장 큰 설득을 한 엘시가 어깨를 으쓱했다.

"이 실장, 수고했어."

현우의 농담에 이솔과 i2i 멤버들이 킥킥 웃어댔다.

"아! 이 실장이라고 하지 마요! 애들도 놀리잖아요!"

엘시가 볼을 부풀렸다.

\*　　　\*　　　\*

새해를 맞이하여 달라진 것이 있다면 월마다 어울림의 모든 임직원들과 소속 아티스트들이 함께 모여 회의를 열기로 했다는 것이었다.

"자, 그럼 첫 회의를 시작해 볼까요?"

"존댓말 어색해, 삼촌."

"지혜야, 공과 사는 지켜야지."

"그럼 나도 존댓말 해?"

"당연하지."

"네, 대표님!"

그런 신지혜의 머리를 신현우가 조용히 쓰다듬었다. 현우가 최영진을 슥, 쳐다보았다. 최영진이 꿀꺽 침을 삼키고는 앞으로 나왔다.

유선미가 새로 구입한 빔 프로젝트를 가동시켰다. 회의실 화이트보드 위로 여러 자료가 떠올랐다. 자료라고 해봐야 복잡한 건 아니었다. 어울림 소속 아티스들의 현재 활동 상황이 간략하게 적혀 있었다.

"아! 저 사진 살 쪘을 때 찍은 프로필이잖아요! 영진 오빠! 아니, 최영진 팀장님!"

배하나가 눈을 가렸다. 최영진이 머리를 긁적였다. 유독 배하나만 젖살이 빵빵했다.

"음. 배하나 양은 조용히 좀 해주시고요. 그럼 팀장으로서 첫 회의를 시작해 보겠습니다. 바, 박수?"

"멋있다 최 팀장님!"

"어울림 F4 비주얼 넘버원! 최! 영! 진!"

전담 매니저 최영진을 향해 i2i 멤버들이 가장 열심히 박수를 쳤다. 최영진의 얼굴이 잠깐 붉어졌다.

"현재 우리 어울림 소속 아티스트들은 활발하게 활동 중에 있습니다. 지유 씨와 지혜는 이틀 뒤 홍콩으로 날아가서 본격적으로 영화 촬영에 들어갈 겁니다."

"근데, 최 팀장님. 영화 제목은 아직도 안 정해졌어요?"

엘시가 물었다.

"영화 제목은 두 가지가 될 것 같습니다. 한국에서는 '아는 언니'로 개봉이 될 것 같고, 중화권 쪽과 북미 쪽에서는 '블랙 다이아몬드'라는 제목이 유력합니다."

"그래요? 아는 언니… 제목 좋네요."

엘시가 고개를 끄덕거렸다.

"지유, 너는 마음에 들어?"

"나쁘지 않은 것 같아요. 한국 쪽은 영화 제목으로 영어는 별로 선호하지 않잖아요."

송지유가 대답했다.

"당분간 지유 씨와 지혜는 홍콩과 부산을 오고 가면서 영화 촬영에만 전념을 할 겁니다."

송지유와 신지혜가 고개를 끄덕였다. 보통 연예 기획사들은 영화 촬영 중인 배우들을 행사나 광고로 돌리게 마련이다. 영화 촬영 때문에 수입이 없는 공백 기간을 최대한 줄여보겠다는 심산이었다.

하지만 까다로운 감독들 중에서는 이를 싫어하는 경우도 있었다. 배우가 배역에 몰입을 오롯이 하지 못하기 때문이었다.

그래서 현우는 영화 촬영이 있는 당분간 송지유나 신지혜의 모든 스케줄을 올 스톱시킬 생각이었다.

"정말요?"

크리스틴이 눈을 크게 떴다. 전 걸즈파워 1기 멤버, 지금은 드림걸즈인 멤버들도 모두 신기해했다. S&H에 있을 때는 시간이 곧 돈이었다. 하루에 행사를 10개씩 뛸 때도 있었고, 일주일 사이 일본행 비행기를 수없이 많이 탔다.

"음악은 돈을 벌려고 하는 게 아닙니다, 수진 씨."

최영진이 무심결에 말을 했다.

"오오! 멋있다! 최영진!"

"명언이야. 음악은 돈을 벌려고 하는 게 아닙니다, 수진 씨."

이지수가 최영진의 목소리를 따라 했다. 최영진이 머리를 긁적였다. 현우도 그 모습을 보며 피식 웃었다. 조금 소심한 면이 있었지만 최영진의 올곧은 성격이 마음에 들었다.

최영진이 브리핑을 이어갔다.

"그리고 우리 신현우 큰 형님의 새 앨범 반응이 폭발적입니다. 겨울 꽃이 음원 차트 1위 자리를 휩쓸고 있고, 갓 보이스도 이겼습니다."

"바보 오빠들은 당연히 이겨야지. 누구 아빤데."

그렇게 말을 하면서도 신지혜가 웃고 있었다. 갓 보이스와 나이 차를 넘어 친구가 된 신지혜였다. 신현우와도 사이가 좋았다.

"신현우 형님 앨범도 대박이 났고, 또 드디어 다음 주에 우리 1호 여배우 서유희 배우의 드라마가 끝이 납니다. 저번 주말 시청률은 44%를 기록하기도 했습니다. 유희 씨, 기분 어때요? 천만 배우에 드라마 시청률 44% 배우가 되었는데."

최영진의 권유에 서유희가 부끄러운 기색으로 자리에서 일어났다. 박수가 쏟아졌다.

"가, 감사합니다. 우리 현우 오빠, 아, 아니, 대표님한테 감사하고, 또 옆에서 보살펴 주는 철용이도 고맙고, 다 고마워요. 정말로."

"수상 소감을 말하라고 한 건 아닌데, 유희야."

현우가 농담을 건넸다. 여기저기서 웃음이 터졌다.

"그리고 우리 i2i 멤버들, 정말 대단합니다."

최영진의 얼굴이 상기되었다.

마법 소녀라는 컨셉이 초대박을 치면서 i2i는 한국은 물론이고 일본과 대만, 심지어 중화권에서 엄청난 인기를 누리고 있었다. 일본 매니지먼트인 하로하로 기획에서도 연일 소식들을 전해왔다.

머칠 전에는 오리콘 차트 1위에 올랐으며, 앨범 판매량도 압도적인 1위를 달리고 있었다. 기존의 목표였던 10대, 20대 여성 팬들은 물론, 오타쿠 팬들까지 i2i에게 열광을 하고 있었다.

타 기획사에서는 i2i가 돈을 쓸어 담고 있다며 부러움의 시선을 보내오고 있었다. 이솔을 비롯한 i2i 멤버들의 표정도 밝았다.

"수정이가 대표로 소감 좀 말해보자."

현우가 말을 꺼냈다. 리더인 김수정이 자리에서 일어나 꾸벅 고개를 숙였다.

"감사합니다. 저희들 겸손하게, 더 열심히 할게요!"

"그래. 역시 우리 수정이다."

"김수정만 예뻐해."

배하나가 툴툴거렸지만 현우는 그냥 웃고 말았다. 그리고 이솔을 쳐다보았다. 작사, 작곡에, 이번 앨범의 프로듀서가 바로 이솔이었다.

'솔이에게 투자를 더 해야겠어.'

이솔의 천재성을 더 빛내줄 필요가 있다는 생각이 들었다. 원한다면 단기 유학도 보내주고 싶었다. 물론 본인의 의사가 가장 중요하겠지만.

"마지막으로 드림걸즈 앨범이 본격적으로 제작이 될 겁니다. 신현우 형님의 복귀 앨범 활동이 끝나는 대로 활동도 할 겁니다."

크리스틴이나 유나 같은 멤버들이 눈을 동그랗게 떴다. 벌써 앨범 준비라니, 위약금으로 이미 꽤 많은 돈을 지출한 어울림이었다. 심지어 어울림에는 이미 i2i라는 확실한 걸 그룹이 존재했다. 그런데 이미 내리막이라고 평가를 받고 있는 자신들의 앨범을 내주겠다는 말을 하고 있었다.

"저희는 더 기다려도 괜찮아요, 대표님. 무리하지 마세요."

크리스틴이 어른스럽게 의견을 피력했다. 현우가 고개를 저었다.

"우리가 장식품으로 생각을 하고 걸즈파워를 영입한 건 절대 아닙니다. 대한민국 최고 걸 그룹은 여러분들입니다. 아직 나이들도 어려요. 아직 전성기는 오지도 않았습니다. 한번 우리들을 믿어봐요. 정 못 믿겠으면 김정우 실장님을 믿어도 좋습니다."

"아, 아니에요! 대표님 무조건 믿어요!"

유나가 황급히 말을 했다.

사실 드림걸즈 멤버들은 심정이 복잡했다. 불과 작년만 해도 아시아 최고의 걸 그룹이라 평가를 받았다. 하지만 지금은 i2i라는 강력한 신인 걸 그룹이 등장했고, 엘시의 우울증과 탈퇴, 그리고 멤버들의 위약금 사건까지 맞물려 상황이 좋지 않았다.

동경의 대상이었던 걸즈파워가 이제는 동정의 대상이 되어 있었다. 방금 전에 최영진이 i2i의 성공을 자랑스럽게 이야기 할 때는 기쁘면서도 내심 속이 상했다.

"승석이랑 블루마운틴, 그리고 솔이도 걸즈파워의 앨범에 참여를 할 겁니다. 솔아, 할 수 있지?"

이미 이솔과 이야기를 나누었던 현우였다. 이솔이 웃는 낯으로 고개를 끄덕였다.

"네. 선배님들이랑 작업할 수 있다면 영광이에요."

"걱정들 마. 이 언니가 솔로 앨범으로 돈 많이 벌었거든? 그렇죠?"

엘시가 분위기를 환기시켰다. 현우가 씩 웃었다.

"그렇지. 그러니까 수진 씨랑 다른 멤버 여러분들도 부담 가지지 말아요. 가수가 노래를 부르고 매니저가 매니지먼트를 하는 건 당연한 거니까."

"감사합니다! 대표님! 진짜 제 이상형이에요!"

유나가 뜬금없는 말을 했다. 순간 어울림 식구들이 일제히 송지유를 쳐다보았다. 송지유가 풋 웃어버리자 유나도 헤헤 웃었다.

그렇게 첫 월 회의가 순조롭게 끝이 났다.

현우는 어울림 식구들을 눈으로 담았다.

'이제 드디어 크랭크인이구나.'

그리고 정확히 이틀 뒤, 현우와 최영진, 그리고 송지유와 신지혜가 홍콩행 비행기에 몸을 실었다.

*         *         *

송지유의 새 신작 영화를 향한 한국 영화계와 홍콩 영화계의 온도 차이는 너무나도 극명했다. 홍콩 국제공항으로 현우 일행이 도착하자마자, 장삼우 감독의 사단을 비롯한 홍콩 문화계의 저명인사들이 일제히 마중을 나와 있었다.

송지유의 홍콩 팬들은 당연히 많았고, 일부 시민들까지 관심 있게 현우 일행을 반기고 있었다. 더군다나 경찰들까지 나와 안전에 만반을 가하고 있었다. 어울림 엔터 전속 경호 팀인 수호 팀의 경호원들도 한결 가벼이 마음을 놓을 수 있었다.

"귀빈 대접을 받는 느낌인데요, 형님?"

최영진이 기분 좋게 웃으며 말했다. 현우가 그런 최영진의 어깨를 슥 잡으며 입을 열었다.

"홍콩 영화계 쪽에서는 이번 우리 영화에 거는 기대가 커."

"기대요?"

"한때는 홍콩 영화가 트렌드였던 시대가 있었잖아요. 그때가 그리운 거 아니겠어요, 영진 오빠?"

선글라스를 쓴 송지유가 팬들에게 손을 흔들어주며 나직이 말했다. 최영진이 고개를 끄덕였다. 어렸을 적에 아버지와 함께 홍콩 스타들이 출연하는 영화를 자주 보곤 했다.

"잘 오셨습니다. 로이 황입니다."

장삼우 감독 사단의 40대 실장이 꽃을 건네며 현우 일행을 반겼다. 현우가 빙그레 웃었다.

"파주 액션 스쿨에서 뵙고 오랜간만에 뵙습니다. 홍콩은 여전히 좋네요."

"하하. 감사합니다. 잘 오셨습니다. 그런데 대표님께서도 직접 오실 줄은 몰랐습니다. 바쁘시지는 않습니까?"

로이 황은 현우가 송지유와 함께 홍콩까지 온 것이 의아했다. 하지만 한편으론 기분이 좋았다. 정보를 수집한 결과 아직 서른 살도 되지 않은 이 청년 대표는 한국에서는 마이다스의 손이라 불리고 있었다.

홍콩으로 따지자면 1970년대와 80년대를 주름잡았던 제작자 로저 리와 비견할 수 있을 정도였다. 아니, 아직 젊으니 어쩌면 그 이상이 될 수도 있겠다는 생각이 들었다.

"연초라 아직 그렇게까지 바쁘지는 않습니다. 그리고 장삼우 감독님 영화인데, 저도 도와야 하지 않겠습니까?"

"하하! 그렇다면 든든하군요. 저희 쪽에서 차량을 준비해 두었습니다. 가시죠."

"예, 실장님."

공항을 나서기 전, 홍콩 연예 매체들과도 간단하게 인터뷰를 나누었다. 홍콩에 존재하는 수많은 매체들이 거의 다 몰려왔다고 해도 과언이 아닐 정도로 송지유를 향한 홍콩의 관심은 뜨거웠다.

잔뜩 멋을 낸 송지유는 능숙하게 영어로 인터뷰를 하며 감탄을 자아내게 했다. 옆에 함께 서 있던 신지혜가 동경 어린 눈빛으로 시종일관 송지유에게서 눈을 떼지 못할 정도였다.

그렇게 인터뷰를 마치고, 경호팀 수호의 철통 경호를 받으며 공항을 빠져나왔다.

"우와! 삼촌? 저 차 왜 저렇게 길어? 기차야?"

순백의 리무진 한 대가 현우 일행을 기다리고 있었다. 현우가 신지혜를 보며 피식 웃었다.

"기차는 아니고, 음… 특별한 날 타는 차 정도라고 생각하면 될 거야."

"지유 언니가 홍콩 와서 저런 차도 타게 된 거지?"

신지혜가 물었다. 송지유가 신지혜의 머리를 쓰다듬었다.

"아마, 그럴걸? 나중에 지혜도 탈 수 있을 거야."

"응. 나도 저거 타고 다닐래. 진짜 멋있어. 그럼 운전은 삼촌이 해."

"내가? 하하. 얼마든지. 월급 얼마 줄 건데?"

"삼촌이 달라는 만큼."

"오? 그럼 내가 하면 안 되니, 지혜야?"

최영진이 끼어들었다. 신지혜가 고개를 저었다.

"아, 나는 왜 안 되는 건데?"

"영진 삼촌은 i2i 언니들 돌봐야지. 한두 명이 아니잖아."

"그런 게 어디 있어? 그냥 현우 형님이 나보다 더 좋은 거
잖아."

"들켰네? 헤헤."

현우 일행이 담소를 나누는 사이 리무진 차량의 문이 열
렸다.

"여러모로 신경 써주셔서 감사합니다, 실장님."

현우가 로이 황에게 감사를 표시했다. 로이 황이 고개를 저
었다.

"아닙니다. 한국에서 귀한 분들이 오셨는데 당연한 겁니다."

"타시죠."

수호 팀의 경호 팀장 최호연이 현우 일행을 리무진으로 태
웠다. 최고급 품목의 리무진 내부는 더없이 넓었다. 최영진은
주변을 살펴보느라 정신이 없었다.

"형님, 여기 냉장고에 와인 있는데 마셔도 되는 거죠?"

"그거 돈 주고 마시는 거다."

"진짜요?"

"그걸 믿어요, 영진 오빠?"

송지유가 눈을 흘겼다. 최영진이 머리를 긁적였다. 신지혜
는 얼마 전에 아빠 신현우가 사준 핸드폰으로 사진을 찍기 시
작했다. 셀카까지 찍는 모습이 제법 귀여웠다.

그러더니 코코넛 단톡 방으로 사진을 전송했다.

[신지혜: 바보 오빠들. 나 비싼 차 탔음! 오빠들은 이런 차 못 타봤지?]

슥, 핸드폰을 들여다보고는 현우가 피식 웃었다. 단체 코코
넛 톡 방에는 갓 보이스 멤버들이 모두 초대가 되어 있었다.
성별도 다르고 나이 차이도 많았지만 신지혜의 첫 연예인 친
구들인지라 현우도 내심 조용히 지켜만 보고 있었다.

물론 삼촌이자 대표로서 경각심은 늘 가지고 있었다. 그럴
일은 없었지만 갓 보이스 멤버들에게 나쁜 영향을 받는다면
현우나 신현우나 가만히 있을 성격들이 아니었다.

"갓 보이스 오빠들한테 톡 보낸 거야?"

"응. 오빠들한테 자랑하려고."

현우는 또 조용히 웃었다. 한류 스타로 이미 인기를 떨치고
있는 갓 보이스 멤버들이었다. 리무진 정도는 수없이 타본 친

구들이었다.

그리고 1분 만에 코코넛 톡이 왔다. 바람둥이로 유명한 승호였다.

[승호: 사진]

[승호: 사진]

[승호: 사진]

[승호: 사진]

[승호: 지혜야 ㅋㅋ 오빠 차들임. 멋있지? 리무진 따위 ㅋㅋㅋ]

신지혜에게 자랑을 하는 승호였다.

[신지혜: 리무진이 더 좋아 보이는데? 리무진은 없네, 뭐]

[승호: 아니, 리무진보다 훨씬 비싸고 좋은 차들이라니까, 지혜야? 나중에 이 오라비가 태워줄게. 영광인 줄 알라고! ㅋㅋ]

[신지혜: 리무진 아니면 싫어;]

[승호: 이 차 한 대가 리무진 2대 값이라니까? 얼마 전에 산 거야; 최신형;]

[신지혜: 몰라. 리무진은 없네, 뭐]

[승호: ㅡㅡ; 하, 너 어린 게 벌써부터 왜 이렇게 어려워? 더럽게 까다로워 진짜]

[신지혜: 화낸 거임? 삼촌한테 일러야지.]

[승호: 화낸 거 아닌데?]

[휘: ㅋㅋ 천하의 승호도 안 먹히는 여자가 있다니까ㅋ]

[승호: 쟤가 아직 어려서 그래. 나중에 커봐라 어디 방송 나가서 첫사랑으로 나 꼽을걸?]

[신지혜: 토 나와. 오징어 오빠야?]

[승호: ——;]

[휘: ㅋㅋㅋㅋ |까임, |분노, |당혹 ㅋㅋㅋ]

[더블 J: 지혜가 리무진을 원한다면 내가 산다! 하하!]

[신지혜: 한국 갈 때 선물 사갈게요. 안녕.]

[승호: 야! 사람 열 받게 하고 그냥 가냐? 땅꼬마!]

[투 킬: 지혜, 영화 촬영 갔구나? ^^ 무리하지 말고, 현우 형님 말씀 잘 듣고, 잘 찍고 오렴. 선배님은 내가 챙길 거니까 ^^]

[신지혜: 응, 민우 오빠. 우리 아빠랑 술 조금씩 마시고! 활동 잘하고! 힘내!]

[더블 J: 그래, 지혜야. 오빠도 힘낼게!]

[신지혜: 민우 오빠! 또 연락할게요!]

[더블 J: 야! 나는 왜 투명인간 취급해? 뭔 말이라도 해야지!]

[신지혜: ^ㄱ!]

[휘: ㅋㅋ 차라리 승호가 낫다. 더블 J 너는 그냥 사람 취급도 안 하는데]

[더블 J: 닥쳐, 인마!]

신지혜가 핸드폰을 갈무리했다.

그 사이 리무진은 홍콩의 5성급 특급 호텔 안에 들어섰다. 당분간 홍콩에서 머물 숙소였다. 장삼우 감독 사단이 현우와 송지유 일행을 위해 특별히 스위트룸까지 잡아주었다.

"우와! 진짜 좋다!"

리무진 창밖을 내다보며 신지혜가 눈을 휘둥그레 떴다.

<br>

$$*\qquad*\qquad*$$

<br>

홍콩의 대표적인 쇼핑 거리인 침사추이 거리를 회색 더플 코트 차림의 현우가 걷고 있었다. 현우 옆에는 경호팀 수호의 팀장 최호연도 함께였다.

"좋네요. 오랜만의 여유."

테이크아웃 홍차를 홀짝이며 현우가 말했다. 날카로운 눈매의 최호연이 살짝 고개를 끄덕였다. 확실히 한국에서는 김현우 대표도 유명인인지라 제약이 많았다. 길거리만 나가도 팬들이 몰려들었다. 그런데 홍콩에서는 아직까지 김현우 대표를 알아보는 사람들이 없었다.

"지금 몇 시죠, 팀장님?"

"오전 10시입니다, 대표님."

"지유도, 지혜도 아직 잘 시간이네요. 간단하게 먹을거리 좀 사가죠. 수호 팀은 역시 고기죠?"

"네. 아무래도 그렇습니다."

최호연이 인상과 다르게 살짝 부끄러워했다. 현우가 조용히 웃었다. 운동을 해서 그런지 경호원들은 순박한 면이 많았다.

"요즘 수호 팀 분위기는 어때요?"

한가로운 침사추이 거리를 함께 걸으며 현우가 물었다. 최호연이 주변을 경계하며 입을 열었다.

"대표님의 배려 덕분에 팀원 전체의 사기가 많이 올랐습니다. 지유 씨랑 지혜 양 안전은 전혀 걱정할 일 없으실 겁니다."

"하하. 걱정 안 합니다. 팀장님을 믿으니까요."

현우가 빙그레 웃었다.

수호 팀은 어울림 엔터테인먼트와 계약을 맺은 이후로 주기적인 월급을 받고 있었다. 거기다 해외 스케줄엔 추가 수당까지 챙겨 받고 있으니 경호 업계에서는 수호 팀이 대박이 났다며 은근히 부러워하고 있었다.

'배울 점이 많은 분이다.'

최호연의 평가였다. 보통 연예 기획사 대표들이 연예 기획사를 운영하며 가장 절약하는 부분이 인건비였다. 그러다 보니 대형 기획사를 제외하면 매니저 한 명이 여러 업무를 동시에 책임져야 했다.

로드 매니저이자, 경호원이자, 때로는 사무를 보기도 했다. 월급은 100만 원 언저리에 일은 많다 보니 태반이 6개월을 채 넘기지 못하고 업계를 떠났다. 경호원들 상황도 별반 다르지 않았다. 대형 기획사를 제외하곤 경호원을 잘 고용하지 않았다. 그러다 보니 매니저들과 팬들 간에 폭행 시비도 생겨나곤 했다.

최호연도 경호원이라는 직업에 회의감을 가지려던 찰나였다. 그러던 차에 김현우 대표를 만났으니 운이 좋았다는 생각이 들었다. 또 어울림 소속 연예인들은 대표를 닮아 그런지 인성도 좋았다.

얼음 공주, 얼음 마녀 등 화려한 수식어 때문에 처음에는 송지유를 어려워했지만, 알고 보면 그 누구보다도 경호원들을 잘 챙길 줄 아는 사람이었다.

커피를 사도, 먹을 것을 사도, 꼭 경호원들 것까지 함께 샀다. 까칠한 성격 같으면서도 또 탑스타로서의 권위 의식은 전혀 없었다.

'어울림 사람들이랑 오래 가고 싶다.'

최호연의 생각이었다. 그렇게 두 남자는 한가롭게 침사추이 거리를 산책하며 인근 식당에서 돼지고기 볶음과 훈제 오리 볶음 따위를 잔뜩 샀다.

빨간 일본제 택시를 잡고 이번에는 아파트촌인 해피벨리로 향했다. 현우와 최호연이 도착한 곳은 홍콩의 유명 딤섬 집 예만방이었다.

예만방은 홍콩의 무비 스타인 정국영이 자주 찾던 딤섬 가게로 유명한 곳이었다.

"지혜가 먹어보고 싶다고 해서요. 지유도 좋아하더군요."

"예, 대표님."

가게 앞에는 이미 한국 관광객들이 줄을 서 있었다. 여자 관광객들이 현우를 보곤 고개를 갸웃했다.

"저어?"

"혹시… 김발놈 아니세요?"

"예?"

현우가 머리를 긁적였다. 관광객들이 일제히 현우에게로 몰려들었다.

"맞다! 아, 죄송해요! 김발놈이라고 한 거 실수예요!"

"제 안티 아니시죠, 혹시?"

"아니에요, 김현우 대표님! 멋있어요. 생각보다 훨씬 잘 생기셨네요? 우와!"

"실물이 훨씬 낫다고 했잖아! 저 자선 콘서트에도 갔었어요! 기억하세요?"

수천 명이 왔는데 기억할 리가 없었다. 현우는 그저 조용히 웃기만 했다. 셀카 요청과 사인 요청이 밀려들었다. 최호연은 혹시 몰라 관광객들을 매의 눈으로 살폈다.

30분이나 걸려 모든 팬들을 응대해 주고, 현우도 줄을 섰다.

"바쁘지 않으세요? 저희가 양보해 드릴까요, 대표님?"

"에이, 그럴 필요 있나요? 저도 홍콩에서 한국분들 만나니까 좋네요. 보시다시피 우리 최 팀장님이 과묵하셔서 입이 근질근질했거든요."

"호호! 그러셨구나. 근데 지유 씨는 어디에 있어요?"

"숙소에서 자고 있을 거예요."

"와아. 완전 신기해. 대표님도 만나고 대표님이랑 지유 씨 이야기도 나누고."

"그래요?"

현우가 팬들을 보며 웃었다. 그러다 문득 무언가가 생각났다.

"우리 지유 영화 어떨 것 같아요? 개봉하면 많이들 볼까요?"

"네?"

현우의 질문에 여대생 팬이 살짝 고민을 했다. 국민 기획사 대표가 일반인인 자신에게 조언을 구하고 있었다. 가슴이 떨렸다.

"잘되지 않을까요? 저도 여자지만 영화에서 여자들은 하는 역할이 맨날 똑같잖아요. 예쁘거나, 나쁘거나. 멋있는 남자 배우들 때문에 영화를 보는 건 맞지만, 가끔은 기분이 좀 그럴 때도 있었어요. 그래서 전 보려고요. 꼭!"

현우는 고개를 끄덕였다.

"그렇구나. 좋은 의견 고마워요. 나중에 우리 회사 홈페이지에 사진이랑 글 남겨줘요. 영화 시사회 표 보내 드릴게요."

"어? 진짜요?"

"감사합니다! 대표님!"

두 여대생 친구들이 팔짝 뛰며 좋아했다. 그사이 현우 차례가 왔다. 현우는 최호연과 함께 딤섬을 잔뜩 구매했다.

그리고 다시 팬들의 배웅을 받으며 호텔로 향했다.

\*　　　　\*　　　　\*

송지유의 스위트룸으로 현우 일행은 물론 경호 팀 수호의 경호원들이 모두 모여 있었다. 경호원들은 조막만 한 딤섬을 이리저리 살폈다.

송지유가 침대에 앉아 딤섬을 오물오물 씹고 있었다.

"맛있지?"

"네. 이거 사러 아침부터 그 먼 데까지 갔어요, 오빠?"

"나 원래 아침 잠 없잖아."

딤섬을 입으로 가져가려던 최영진이 괜히 뜨끔했다. 늦잠을 잤기 때문이었다.

"그래도 더 쉬지 그랬어요, 오빠."

제주도에서 서로의 마음을 확인한 이후, 송지유는 현우를 유난히 챙겼다. 친구인 김은정이 치를 떨 정도였다.

"내 식구들 먹이는 게 쉬는 거지. 저기 숨 좀 쉬고 먹어요. 체합니다."

현우가 경호원들에게 말했다. 딤섬을 먹던 신지혜가 픽 웃었다. 경호원들은 습관이 된지라 밥도 빨리 먹었다.

"누가 보면 내가 빨리 먹으라고 구박하는 줄 알겠어요. 10번만 씹고 넘겨요. 건강에 좋지 않아요."

송지유의 말에 경호원들이 페이스를 조절했다.

"오늘 일정은요? 그리고 좀 먹어요. 새우 완자가 제일 맛있어요."

송지유가 현우에게 딤섬 박스를 건네며 말했다. 현우가 씩 웃으며 최영진을 쳐다보았다. 최영진이 입을 열었다.

"오늘 촬영지랑 촬영 세트 확인하고 첫 대본 리딩이 있을 거야."

"알았어요. 촬영지랑 촬영 세트 확인했어요, 혹시?"

"음. 메일로 사진 보내와서 보기는 했지."

현우가 대답했다. 송지유가 현우와 눈동자를 마주했다.

"어떤데요?"

"노코멘트. 직접 가서 확인해 봐, 지유야."

"알겠어요. 호연 팀장님."

"예, 지유 씨."

"밖에서 별일 없었죠?"

송지유가 무심한 척 물었다. 아무것도 모르는 최호연이 즉시 대답을 했다.

"대표님이랑 침사추이 거리에서 차 한잔하면서 산책을 했습니다. 그 이후에는 해피벨리에 있는 딤섬 가게에서 딤섬을 구매했습니다. 아, 팬들을 만나서 사진을 찍었고, 사인도 해드렸습니다."

"네. 고마워요."

순간 현우가 헛웃음을 흘렸다.

"최 팀장님이 고생이 많네. 그런데, 그런 것까지 보고를 받아야 해?"

"왜요, 싫어요?"

"아니."

현우가 큭큭 웃었다. 귀여웠다. 모태 솔로 출신 송지유다웠다. 현우의 일거수일투족이 궁금한 모양이었다.

"고생이 많다, 우리 삼촌. 앞날이 훤하네."

"신지혜, 까불래?"

"응? 언니 왜?"

신지혜가 시치미를 뗐다. 최호연과 경호원들은 어리둥절했
다.

"······."

송지유도 눈썹을 찡그리기만 할 뿐 더 이상 말을 하지 않았
다.

어울림 사람들은 다들 눈치를 채고 있었지만, 송지유만 혼
자 연애 사실을 숨기고 있었다. 본인만 모른 척하는 비밀 연
애라니, 재미있는 일이었다.


*            *            *


아침을 해결하고 현우 일행은 경호 팀과 함께 촬영지 앞에
도착했다. 역시나 장삼우 감독과 그 사단들이 현우 일행을 기
다리고 있었다.

경호원이 문을 열어주었다. 송지유가 늘씬한 각선미를 자랑
하며 고급스러운 투피스 차림으로 등장했다. 송지유가 선글라
스를 벗었다.

"오오!"

"소문보다 훨씬 예쁜데요?"

송지유를 처음 보는 홍콩 쪽 스태프들이 감탄을 했다. 왕년

의 홍콩 탑 여배우 왕주연이 무색할 정도의 미모였다.

"안녕하세요! 감독님!"

송지유가 또각또각 하이힐 소리를 내며 장삼우 감독에게 친근하게 인사했다. 장삼우 감독이 인자한 미소를 머금었다.

"잘 왔어요. 세트 문제 때문에 마중도 못 나가고 서운하죠? 허허."

"아뇨, 감독님. 건강은 어떠세요?"

"하하. 걱정 말아요. 아직 팔팔하니까."

"저는요? 저도 왔는데!"

신지혜가 볼을 부풀렸다.

"오오! 귀엽다!"

스태프들이 또 한바탕 난리가 났다. 작은 체구에 초롱초롱 별빛 같은 눈동자를 가진 신지혜가 너무 귀여웠기 때문이었다.

"삼촌, 봤지? 이놈의 미모란. 나 나중에 어떻게 해?"

"꿈 깨고 크기나 해, 너."

송지유가 찬물을 끼얹었다. 신지혜가 입을 삐죽였다. 현우가 하하 웃고 말았다. 그러다 현우의 시선이 홍콩 촬영의 배경이 되는 거대 세트 입구로 향했다.

"여기구나."

을씨년스럽고 음울한 분위기가 잔뜩 풍기는 좁은 골목 입구에는 '구룡성채'라는 글귀가 붉은색으로 아무렇게나 쓰여 있었다.

구룡성채. 마치 무협 소설에서나 나올 법한 거창한 이름을 가지고 있는 이곳은 홍콩의 대표적인 슬럼가였다.

한때 영국령 홍콩에 존재했지만 중국의 영토인 특이한 이력을 가진 지역이었다. 특히 홍콩과 중국 양쪽의 주권이 모두 미치지 못했던 곳으로 현대판 무법지대나 마찬가지인 곳이다.

정사각형 지대에 무허가 건물들이 촘촘하게 무단으로 들어섰고, 한때 세계 제일의 인구 밀집을 자랑했던 곳이기도 하다. 1993년에 철거되고 공원이 들어서긴 했지만, 그전까지만 해도 이곳은 가난한 자들과 범죄자들의 온상으로 유명했다.

삼합회 회원들은 이곳에서 마약이나 가짜 명품들을 제조했고, 홍콩 거리의 싸구려 불량 식품들이 구룡성채의 공장에서 만들어지곤 했었다.

지금은 사라지고 공원만 남은 이곳을 장삼우 감독 사단이 세트로 완벽하게 재현을 해놓은 상태였다. 장삼우 감독 사단의 조연출 한 명이 현우에게 옛 구룡성채의 사진을 건네주었다.

"어떠십니까? 거의 99%, 아니, 100% 구현을 해내지 않았습니까, 대표님? 지유 씨?"

"대단하네요. 제작비가 만만치 않았을 텐데요."

"어울림 엔터테인먼트 덕분에 세트에 공을 들일 수 있었습니다. 다시 한번 감사드립니다, 대표님."

"하하. 생각했던 것 이상이라 기대가 됩니다."

현우가 빙그레 웃었다.

"지유야, 네가 보기에는 어떤 것 같아?"

현우가 물었다.

"좋아요. 벌써부터 연기를 하고 싶어요. 투자하기를 잘한 것 같아요, 오빠."

송지유도 표정이 밝았다.

"직접 들어가 봐도 됩니까?"

현우는 구룡성채의 일부를 재현한 세트가 궁금했다. 궁금한 건 송지유도 마찬가지였다.

"허허. 그래요. 당분간 이 세트에서 많은 시간을 보내야 할 텐데, 들어가 봐요."

장삼우 감독이 말했다. 그리고 조감독 한 명이 현우 일행을 구룡성채의 입구로 안내했다.

을씨년스러운 분위기 탓에 신지혜가 현우의 슈트 끝자락을 꼭 거머쥐었다. 덩달아 송지유까지 팔짱을 끼니 괜히 최영진만 양팔이 허전하게 느껴졌다.

쩝, 입맛을 다시며 최영진도 서둘러 현우의 뒤를 따랐다.

　　　　※　　　　※　　　　※

　골목은 어른 2~3명 정도가 간신히 걸을 수 있을 정도로 비좁았다. 또 어둡고 음습한 골목 천장 위로는 배선이 아무렇게나 마구잡이로 뒤엉켜 있었고, 낡고 희미한 조명들이 듬성듬성 달려 있었다.

　온 사방에 빼곡하게 낡은 간판과 집이 보였고, 군데군데 녹이 슬거나 곰팡이가 슬어 있었다. 할리우드 특수 미술 팀의 작품이긴 했지만 정말로 옛 슬럼가를 보는 것 같았다.

　"이런 데서 살면 밤에 잠이나 제대로 잘 수 있을까요, 형님?"

　"그러게나 말이다. 진짜 살벌한데?"

　현우가 고개를 끄덕이며 최영진의 말을 받았다.

　"1993년에 철거가 되기 전까지 전 세계 건축가들이나 디자이너들이 이곳을 스케치해 간 적이 있습니다. 일본 쪽에서는 게임 회사에서 배경으로 많이들 사용했었죠."

　한국계 미국인인 특수 미술 팀의 조감독 한 명이 살짝 설명을 해주었다.

　"그렇습니까?"

　그렇게 말하곤 현우는 낡은 가게 창문을 덮고 있는 쇠창살을 두드려 보았다. 조감독이 얼른 또 입을 열었다.

"보시다시피 지유 씨가 액션 연기를 펼치는 데 안전상의 문제는 절대 없을 겁니다. 겉은 낡고 오래되어 보여도 튼튼하게 만드는 데 심혈을 기울였거든요."

"아, 그렇습니까? 그럼 마음이 놓이네요."

"당연하죠. 저도 한국인입니다. 지유 씨가 주연을 맡는다는 소식을 듣고 평소보다 더 공을 들였습니다, 대표님."

"하하. 감사합니다. 조감독님은 성함이 어떻게 되십니까?"

"아, 앤드류 김입니다. 대표님."

통성명을 나누고 현우 일행은 구룡성채 세트를 꼼꼼하게 둘러보았다. 이곳에서 직접 연기를 해야 하는 송지유와 신지혜는 더욱 세트를 유심히 눈에 담았다. 그렇게 세트 구경을 마친 다음에는 제작진과 첫 미팅 겸 대본 리딩을 가지기로 했다.

할리우드 출신 감독답게 세트장 옆에 10대가 넘는 거대 트레일러가 줄이어 서 있었다. 각 트레일러마다 미술 팀과 분장 팀, 의상 팀, 장비 팀, 대기실 등 섹션이 잘 구분되어 있었다.

아직까지도 열악한 한국 영화판의 촬영장과는 전혀 달라 현우는 내심 놀랐다.

회의실로 사용되는 트레일러 안으로 송지유가 들어서자 미리 대기하고 있던 제작진들이 박수를 보내왔다.

"허허. 세트는 마음에 듭니까?"

"네, 감독님. 마음에 들어요. 세트 준비하느라 고생 많으셨어요."

송지유가 장삼우 감독뿐만 아니라 제작진 모두에게 고개를 숙여 보였다.

"지유 씨가 몇 개월 동안 그렇게 열심히 노력을 했는데, 이 늙은이도 가만히 있을 수가 있어야지요."

장삼우 감독에 이어 다른 제작진들이 각자 뭐라고 말들을 쏟아냈다. 송지유가 고개를 갸웃했다.

로이 황 실장이 입을 열었다.

"한국에서 왕주연이 왔다고 다들 신이 났습니다."

"왕주연요?"

왕주연이라면 송지유도 잘 알고 있었다. 제작진이 자신을 예쁘게 봐주는 데 기분 나빠할 여배우는 없었다. 송지유가 살짝 웃었다.

"오오!"

스태프들이 입을 벌리며 좋아했다. 현우도 피식 웃음이 나왔다.

"송지유, 인기 좋네. 왕주연이란다, 왕주연."

"삼촌, 왕주연 언니가 누군데?"

"있어. 귀신 역할 했던 배우인데, 지혜가 조금만 더 크면 삼춘이랑 보자."

"몇 살 먹어야 볼 수 있는데? 궁금해."

"15살일걸? 맞지, 영진아?"

"아마 그럴 겁니다, 형님."

"이씨. 아직 3년이나 남았잖아."

"그러니까 얼른 커, 신지혜."

송지유의 말에 신지혜가 입을 삐죽였다.

간단하게 서로 통성명을 나누고, 일정에 대한 브리핑이 진행되었다. 장삼우 감독과 대부분이 할리우드 출신으로 이루어진 제작진은 촬영 일정도 상당히 체계적으로 구축을 해놓은 상태였다.

그리고 본격적으로 첫 대본 리딩이 시작되었다. 이번 영화는 특이하게도 극의 중심이 되는 주인공이 송지유와 신지혜 단 둘뿐이었다. 악역은 특정 개인이 아닌 홍콩 경찰과 삼합회라는 단체였기에 감정 라인이나 스토리 라인은 송지유와 신지혜, 두 사람에게 집중이 되어 있었다.

액션 느와르 영화 특유의 뚜렷한 악역이 존재하지 않는, 조금은 파격적인 시도이기도 했다. 이는 여배우 단독 주연을 향한 선입견과 한계를 깨기 위한 일종의 장치였다. 현우의 생각으론 그러했다.

송지유와 신지혜가 감정을 잡기 시작했다. 잠시 후, 둘의 첫 만남 장면이 시작되었다.

"비켜."

송지유가 무심한 표정으로 대사를 내뱉었다. 도무지 정체를 알 수 없는 몽롱한 표정을 짓고 있던 신지혜가 조용히 입술을 열었다.

"데려가 주세요."

"비켜."

송지유는 여전히 감정이 없었다. 신지혜가 서늘한 눈동자로 송지유를 응시했다.

"그럼 죽이고 가세요. 최대한 고통스럽게 죽여주세요."

"왜지?"

"그럼 언니가 평생 나를 기억하겠죠."

"너, 제정신 아니야."

경멸의 눈동자로 송지유가 신지혜를 쏘아보았다. 순간 신지혜의 눈동자로 광기가 어렸다.

"그래요. 미친년 맞아요. 아빠도 죽고! 엄마도 죽고! 동생도 죽고! 다 죽었어요! 근데 나만 살았어요! 우리 집에 왜 왔어요? 나 죽게 두지 왜 왔어?! 왜 이제 왔어? 왜 나만 살게 했냐고! 그러니까 죽여, 죽이고 가! 으앙!"

결국 신지혜가 참고 있던 눈물을 터뜨렸다. 감정 하나 없는 마리오네트 인형 같던 송지유의 눈동자에 순간 복잡한 감정이 살짝 어렸다가 사라졌다.

두 여배우의 열연에 제작진은 숨도 쉬지 못하고 있었고, 장삼우 감독은 미동도 없이 집중을 하고 있었다.

"살아간다고 해서 죽는 것보다 쉬운 건 아니야. 건방 떨지 마, 꼬마."

이 대사를 끝으로 한 장면이 끝이 났다.

"허허허! 좋습니다! 아주 좋아요!"

장삼우 감독이 연신 고개를 끄덕였다. 제작진들의 박수가 쏟아졌다. 그리고 다들 상당히 놀란 듯 보였다.

지금 아시아에서 가장 강력한 영화 시장을 구축하고 있는 곳은 한국이었다. 송지유도 그렇고 신지혜의 연기력에 홍콩 토박이 관계자들은 자국 영화계의 배우 인프라가 얼마나 형편없는지를 새삼 깨달았다.

배우부터 너무 차이가 났다. 한국 영화 시장에 도전을 하는 장삼우 감독의 의중이 이제야 이해가 갈 정도였다.

대본 리딩을 지켜본 현우도 흡족했다. 송지유는 말할 것도 없었고, 이 영화의 키포인트인 선우정아 역의 신지혜도 연기력이 더 발전해 있었다.

"유희한테 보너스라도 줘야겠다, 영진아."

신지혜의 연기 선생인 서유희에게 고마운 생각이 들었다.

"철용이가 좋아하겠는데요, 형님?"

덩달아 기분이 좋아진 최영진도 활짝 웃으며 대답했다.

*　　　*　　　*

현우 일행이 홍콩에 체류하는 동안, 어울림 엔터는 새해 스케줄을 점검하고 있었다. 곧 다가오는 설날 연휴에 맞춰 어울림 소속 연예인들을 향해서도 스케줄이 밀려들었다. 거의 모든 프로그램들마다 어울림 소속 연예인들이 출연해 주기를 간절하게 원하고 있었다.

아이돌 체육대회부터 시작해서 프로그램은 정말 다양했다. 덕분에 두 실장인 김정우와 손태명은 새벽부터 출근을 해서 공중파 3사에서 보내온 설 특집 프로그램 목록을 살펴보고 있었다.

"아이돌 체육대회는 어떻게 생각하십니까, 정우 형님?"

손태명이 물었다. 사실 손태명은 아이돌 체육대회에 대해 조금은 부정적인 생각을 가지고 있었다. 가뜩이나 바쁜 스케줄을 달고 사는 게 아이돌이었다. 물론 설 연휴에 시청자들을 위해 체육대회를 연다는 취지는 좋았지만, 문제는 과잉 경쟁이었다.

매년 아이돌 체육대회마다 주목을 받게 되는 스타들이 생기다 보니, 부작용이 심각했다. 달리기를 하다가 심한 부상을 당하는 건 부지기수였고, 기획사들도 이 프로에 출연을 시키기 위해 물불을 가리지 않고 있었다. 그 과정에서 잡음이 끊이지 않았다.

그러다 보니 근래에 들어서는 시청자들도 외면을 하고 있는 추세였다.

"음. 고민을 좀 해봐야겠습니다."

"출연을 거절했다간 섭섭해하는 팬들도 있을 거고, 또 지수랑 하나가 지금 벼르고 있는 터라……."

손태명이 살짝 웃으며 말했다. 운동 신경이 뛰어난 두 멤버들은 벌써부터 잔뜩 기대를 하고 있었다.

"일단 멤버들의 의견에 맡기죠, 태명 씨."

"뭐, 그럴까요?"

손태명도 동의를 했다.

잠시 후 기획안을 살펴보던 김정우가 작게 미소를 머금었다.

"뭔데요, 정우 형님?"

"음. 이건 좀 곤란할 것 같은데요? 소개팅 형식의 예능 프로 섭외가 와 있습니다."

"어디서요?"

"MBS 쪽인데, 이건 제외하는 게 낫겠습니다."

"킥킥. 왜요? 재미있겠는데."

김은정이 슥 뒤에서 기획안을 훔쳐보곤 말했다. 궁금함에 손태명이 손을 내밀었다.

"일단 보겠습니다."

"그래요."

김정우로부터 기획안을 건네받은 손태명의 얼굴이 새파래졌다.

"하아… 이거 진짜."

손태명이 한숨을 내쉬며 고석훈에게 기획안을 건넸다.

"……."

늘 침착한 고석훈도 난감한 듯 말을 잇지 못했다. 그때였다. 사무실 문이 활짝 열리며 엘시와 드림걸즈 멤버들이 등장했다.

"하이! 헬로우! 안녕! 우리 출근했어요! …응? 오늘 분위기 왜 이래요? 뭐야, 은정아?"

"다연 언니다!"

김은정이 얼른 기획안을 뺏어 들고는 엘시에게 건넸다. 기획안을 살펴본 엘시가 악동 미소를 머금었다.

"어머! 이건 나가야 해! 정우 오빠, 당장 고고!"

"다, 다연 씨! 당사자들 의견은 들어봐야죠!"

손태명이 다급하게 말했다. 엘시가 방긋 웃었다.

"저기요. 다들 일만 하다가 노총각 되고 싶어요? MBS 신입 아나운서들이랑 소개팅한다는데, 왜들 그래요?"

그랬다. 어울림 F4 앞으로 MBS 쪽에서 소개팅 프로그램 섭외가 들어온 것이었다.

"정장 광고까지 찍으셨잖아요. 방송 출연을 해도 재미있을 것 같아요."

연희가 웃으며 말했다.

"저도 찬성! 재미있겠다! 저희 구경 갈게요!"

유나도 헤헤 웃으며 연희를 거들었다.

"후우. 일단 현우한테 물어봐야죠. 어쨌든 우리 넷이 전부 출연하길 원하니까."

"태명 실장님, 제 말 뜻을 이해를 못 하시네요. 송지유, 걔 있잖아요. 현우 오빠랑 살짝 연애 중인 거 이미 다 알고 있는데 혼자서만 아닌 척하는 게 가소롭지 않아요?"

"네? 다연 씨?"

"이번 기회에 송지유 고것의 입으로 연애 사실을 실토하게 만들겠어요. 얍!"

엘시가 제자리에서 빙그르 돌며 만화 속 캐릭터를 흉내 냈다. 김은정도 엘시를 따라 빙글 돌다 살짝 넘어질 뻔했다.

그 모습에 손태명이 이마를 짚었다.

"은정이, 너. 지유 친구 아니었어?"

"재미있잖아요! 현우 오빠 당황하는 것도 보고 싶기도 하고. 히히."

그 모습에 김정우가 쓴웃음을 머금었다. 어울림 엔터는 단 하루도 바람 잘 날이 없는 재미있는 곳이란 생각이 들었다.

*　　　　*　　　　*

영화의 배경이 되는 구룡성채 세트를 둘러보고, 대본 리딩까지 맞춰본 현우 일행은 곧장 호텔로 돌아가지 않았다.

팀장인 최영진이 촬영장에 남아 장삼우 감독 사단과 세부 일정들을 최종적으로 조율하기로 했다. 현우는 송지유와 함께 홍콩의 대표적인 야시장이 있는 몽콕으로 향했다.

홍콩 지하철에 올라탄 송지유가 현우를 보며 방긋 웃었다. 늘 나이에 맞지 않아 보이는 송지유였는데 오늘 이 순간만큼은 21살 같아 보였다.

"그렇게 좋아?"

현우의 물음에 송지유가 고개를 들어 현우를 올려다보았다.

"네. 사람들도 몰라보는 것 같고 좋네요. 오빠는요?"

"나? 네가 좋으면 나는 당연히 좋지."

"그렇죠? 야시장 가면 먹을 것도 많대요. 다 사주세요, 네?"

말끝에 살짝 어리광을 부리는 송지유를 보며 현우는 빙그레 웃었다.

"후우. 난 커서도 저러지는 말아야지."

"너, 뭐라고 했어, 신지혜?"

송지유가 신지혜를 째려보았다. 신지혜가 모른 척 딴청을 피웠다. 그리고 슥, 현우의 손을 잡았다.

"왜 갑자기 손을 잡아?"

"진짜 언니 치사해. 언니 남자 친구이기 전에 내가 먼저 삼촌 삼았거든? 내 핸드폰에 동영상으로 삼촌 선서한 것도 있어. 그리고 언니는 시누이 무서운 줄 모르네?"

"또 까불래, 너?"

"하하. 지혜 네가 시누이야?"

현우는 그저 웃음만 흘렸다.

자기도 함께 가겠다면서 따라온 신지혜였다. 송지유도 별다른 불만은 없었다. 단둘이 다니다 보면 한국인 관광객들의 시선을 의식할 필요가 있었지만, 신지혜가 함께라면 그럴 걱정이 없었다.

"시누이지. 아니야, 삼촌?"

"김씨랑 신씨는 엄연히 달라."

송지유가 선을 그었다. 신지혜도 물러서지 않았다.

"외삼촌이거든?"

"쪼그만 게 진짜 영악해. 어떻게 한마디도 안 지려고 해? 너

나중에 커서 뭐 될래?"

송지유가 혀를 내둘렀다. 신지혜가 배시시 웃었다.

"내 롤 모델은 언니거든? 언니보고 배운 거야. 나중에 언니처럼 될 건데?"

"못 말려. 나중에 결혼해서 너 같은 딸 낳으면 어떻게 해?"

"삼촌이 결혼은 해준대?"

신지혜가 반문했다. 순간 송지유의 얼굴이 홍당무처럼 변했다. 현우도 픽 웃어버렸다.

"웃어요? 지금?"

현우는 아차 싶었다. 요즘 들어서는 삐지기까지 하는 송지유였다. 뭐, 그게 귀엽기는 했지만 말이다.

"우리 삼촌 불쌍해."

신지혜가 안쓰러운 표정으로 현우를 올려다보았다.

"야, 신지혜."

송지유가 냉기를 뿜어냈다. 신지혜가 헤헤 애교스럽게 웃었다. 송지유가 표정을 풀더니 결국 웃기 시작했다.

"그래도 나는 언니 편인 거 알지?"

"몰라."

"진짠데?"

티격태격하는 것 같으면서 서로 성격이 잘 맞는 송지유와 신지혜였다.

그사이 지하철이 목적지에 도착했다. 현우 일행이 도착한 곳은 몽콕 야시장이었다. 야시장 상인들이 다양한 물건을 좌판에 깔아놓고 있었다. 대충 둘러만 봐도 사람 빼고는 없는 게 없어 보였다.

"우와! 삼촌! 여기 뭐가 이렇게 많아? 빨리 구경하자!"

신지혜가 신이 났다. 은근히 쇼핑을 좋아하는 송지유도 벌써 눈동자가 몽롱했다.

"대충 11시쯤 문 닫으니까 구경하고 꼬치 사서 가자."

"3시간밖에 구경 못 하겠어요."

"3··· 3시간이면 여기 있는 물건 다 사고도 남겠는데?"

현우는 당황스러웠다.

그리고 본격적으로 야시장 구경이 시작되었다. 야시장에 들어서자마자 언제 그랬냐는 듯 송지유와 신지혜는 죽이 잘 맞았다.

서로 이것저것 물건을 사고 구경하느라 정신이 없었다. 현우는 한 발 물러서서 그런 송지유와 신지혜로부터 눈을 떼지 않았다.

그리고 야시장 구경을 시작한 지 10분도 채 안 되어서 현우가 예상했던 일이 벌어졌다. 홍콩 현지인들이나 외국인 관광객들의 관심이 송지유와 신지혜에게로 쏟아졌다. 상인들도 연신 '뷰티 풀!'을 외치며 물건 값을 깎아줄 정도였다.

여기저기서 핸드폰으로 사진 찍는 소리가 들려왔다. 그리고 한국인 관광객들이 현우와 송지유, 신지혜를 알아보고는 비명을 지르고 난리가 났다.

"가, 갓 지유다!"

"진짜? 와! 미쳤다! 사람이야? 얼굴이 내 주먹만 해!"

"신지혜도 진짜 귀여워!"

한국 관광객들이 현우 일행을 빙 둘러싼 채로 함께 걷기 시작했다. 여기저기서 다양한 질문이 쏟아졌다.

팬들을 아끼기로 유명한 송지유답게 웃는 얼굴로 일일이 대답을 해주고 있었다. 신지혜가 그 모습을 유심히 지켜보다 조용히 물었다.

"언니."

"응?"

"귀찮지 않아?"

순간 송지유의 얼굴이 굳었다.

"신지혜."

"응."

"절대 그런 말은 하는 게 아니야. 팬들의 관심이 없으면 연예인은 아무것도 아닌 존재야. 내가 잘나고 예뻐서가 성공하는 게 아니야. 알겠니? 팬들이 좋아해 주기 때문에 지금의 내가 있을 수 있는 거야. 팬들이 사랑을 주는 한, 연예인은 무서울 게 없는 거지. 나처럼."

송지유는 진지했다. 현우도 옆에서 가만히 그런 송지유를 보며 고개를 끄덕거렸다. 연예계 관계자들로부터 '오만하다', '차갑다' 등의 시선을 받기도 했지만, 국민들로부터 송지유는 국민 여동생으로 불리며 한결 같은 사랑을 받고 있었다. 이유는 간단했다. 아무리 피곤해도, 아무리 바빠도 송지유에게 1순위는 팬들이었다.

곳곳에서 팬들을 챙겨주는 모습이 찍혔으며, 그 사진이 인터넷에 올라왔다. 미담 제조기 송지유였다. 송지유의 조언에 신지혜가 골똘히 생각에 잠겼다.

그러다 헤헤 웃었다.

"웅! 알았어!"

신지혜가 연신 고개를 끄덕거렸다.

한국 관광객들과 현지 사람들이 송지유를 계속해서 따라다녔다. 하지만 다행히도 일정 거리 이상 다가오지는 않았다. 덕분에 송지유는 오랜만에 21살 그 나이 때 아가씨로서의 여유를 만끽할 수 있었다.

그렇게 야시장에서 장신구와 옷 몇 가지를 구매한 후, 꼬치구이 가게로 향했다.

"얼마나 드릴까요?"

주인이 현우에게 물었다. 현우는 또 송지유를 쳐다보았다.

"몇 개 사면 될까?"

송지유가 살짝 고민을 했다.

"여기 있는 거 다 사요, 오빠."

"전부 사자고?"

"호연 팀장님이랑 경호원 오빠들 먹는 거 봤잖아요."

"딤섬 한 박스 먹는 데 1분밖에 안 걸렸어, 삼촌."

신지혜가 말을 더했다.

"하긴 정말 잘 먹긴 하더라. 그럼 다 사자."

현우가 결정을 내렸다. 송지유가 영어로 주문을 하자 주인의 눈동자가 커졌다. 정말 다 살 거냐고 몇 번이나 묻고 있었다. 송지유가 그렇다고 대답을 하자 여자 주인은 눈물까지 글썽였다.

꼬치를 잔뜩 사서 택시를 타고 호텔로 돌아왔다. 신지혜의 말처럼 경호원들은 정말이지 식성이 남달랐다. 백여 개가 넘는 꼬치가 단숨에 동이 났다. 드르륵, 핸드폰 진동에 현우가 슈트 안주머니로 손을 집어넣었다.

"누군데요?"

송지유가 물었다.

"태명이."

"오빠랑 태명 오빠는 정말 남다른 사이인 것 같아요."

송지유가 볼멘소리를 했다. 모처럼 홍콩까지 왔는데 시시때

때로 전화가 왔다.

"손 부인이잖아, 언니."

신지혜가 말했다. 손태명까지 질투를 하는 송지유가 귀여워서 현우는 조용히 웃기만 했다. 그리곤 얼른 전화를 받았다.

"응, 나야."

─어디야?

"오늘 세트장 확인하고, 대본 리딩 끝낸 다음 지유랑 지혜 데리고 야시장 들렀어. 방금 숙소로 왔다."

─세트장은?

"구룡성채를 훌륭하게 재현해 놓았더라고. 투자하기를 잘한 것 같다."

─대본 리딩은?

"지유랑 지혜가 뭐, 다했지. 우리 배우들 클라스가 어디 가겠냐?"

핸드폰 너머로 잠시 말이 없었다. 현우는 손태명이 무언가를 망설이는 것 같은 느낌을 받았다.

"누구 사고 쳤어?"

─아, 아니?

"뭐야? 천하의 손태명이 왜 말까지 더듬어? 철용이가 사고 쳤어? 아님 배하나야? 뭔데?"

현우도 내심 불안해졌다. 신지혜에게 꼬치를 먹이고 있던 송지유도 통화에 관심을 갖기 시작했다.

―옆에 지유 있어?

"응. 같이 있어. 지혜랑 수호 팀도 있고."

―하아. 잠깐 밖에 나가서 전화 받아봐.

"오케이."

현우가 스위트룸을 나서려 했다. 순간 송지유의 목소리가 들려왔다.

"왜 그러는 거예요? 여기서 하면 안 되는 이야기래요?"

"그런 거 같은데?"

"다녀와요."

"오케이."

현우가 스위트룸을 나섰다.

"말해봐."

―곧 설 연휴잖아. 스케줄 때문에 너랑 상의할 게 있어서 전화했어.

"뭐, 굳이 나한테 상의를 해? 정우 형님이랑 네가 알아서 하면 될 일이잖아. 방송사 측에서 무리한 요구라도 하는 거야?"

―현우야.

"어."

―MBS 쪽에서 너, 나 그리고 영진이랑 석훈이한테 예능 섭외가 들어왔다.

손태명이 결국 본론을 꺼내들었다.

"우리 네 명한테?"

현우는 곰곰이 생각에 잠겼다.

무모한 기획사가 방송된 이후로 정장 광고까지 찍은 네 사람이었다. 그 후에도 틈틈이 스케줄 섭외 요청이 들어왔다. 제주도 연말 휴가 때는 여성 잡지와의 인터뷰도 결정이 났다. 그런데 이번에는 예능이라니, 그것도 공중파 방송이었다.

'방송 출연이라……'

현우가 회귀를 했을 무렵에는 연예계 대표들의 방송 활동이 활발했다. 많은 기획사의 대표들이 자주 방송에 출연을 하며 기획사의 가치를 높이고 대중들과 친화적인 이미지를 쌓곤 했다. 지금도 일부 거대 기획사 대표들이 종종 방송에 출연을 하곤 했지만, 대부분 오디션 프로 중심이었다.

그런데 예능이라니, 확실히 파격적인 행보가 될 수도 있었다.

'팬 서비스 차원에서 한 번 정도는 나쁘지 않겠지?'

생각을 정리한 현우가 입을 열었다.

"예능이라면 나쁘진 않지. 이미 무형에도 출연을 했었고 말이야. 그래서 어떤 예능인데?"

―그게 말이지… 지유 옆에 없는 거 확실해?

"왜? 지유가 들으면 안 되는 이야기야?"

—응.

"그러니까 뭔데?"

—MBS 신입 아나운서들이랑 4 대 4로 소개팅을 하는 형식의 예능이야.

순간 현우의 표정이 당혹함으로 물들었다.

"소, 소개팅 프로라고? 미쳤어, 너? 지유가 알면 너나 나나 다 죽어!"

—그, 그게 이번 설 연휴 프로 담당 피디가 마소진 피디님이야. 첫 예능이라시는데 어떻게 모른 척을 하냐? 지유 데뷔 음방도 마소진 피디님이 좋게 봐주셔서 겨우 간신히 따낸 거였잖아. 기억 안 나?

"하아……."

현우가 이마를 짚었다. 아무리 이준영 피디의 추천이 있었다고 하더라고 마소진 피디가 아니었다면 송지유의 데뷔는 늦어졌을 것이 분명했다. 그 후에도 마소진 피디는 어울림 가수들의 일이라면 늘 힘을 보태주었다.

첫 예능 프로를 맡았다는데 마소진 피디의 간곡한 부탁을 외면할 수가 없었다.

—그리고 다연이가 이미 마소진 피디님이랑 통화도 끝낸 모양이야.

"다연이가? 이놈의 자식을 그냥! 또 장난을 쳐?"

엘시의 의중이 파악이 되었다. 송지유를 약 올리기 위한 엘시의 수작임을 현우가 모를 리 없었다. 엘시의 장난기 넘치는 사악한 표정이 떠올랐다.

그런데 또 생각해 보니 엘시의 컴백 무대를 도운 사람도 마소진 피디였다.

─지유 설득은 네가 해라. 끊는다.

"야!"

툭, 통화가 끝이 났다. 현우가 급히 엘시에게 전화를 걸었지만 핸드폰이 꺼져 있었다.

'망했다.'

현우가 마른 침을 삼켰다. 이장호 회장 앞에서도 당당하던 천하의 김태식도 송지유 앞에서는 한없이 작아지기만 했다.


*        *        *


"귀 간지러워. 누가 내 욕하나?"

어울림 엔터의 지하 연습실, 갑자기 귀가 미친 듯이 간지러워 엘시가 눈을 찌푸렸다.

"욕을 먹어서 귀가 간지러운 거면 넌 걸즈파워 탈퇴했을 때 이미 죽었어."

크리스틴이 팩트 폭격을 가했다. 드림걸즈의 멤버들이 킥킥 웃기 시작했다.

"조수진! 냉정한 것!"

"시끄럽고 회의나 계속하자고."

"언니들! 우리 이런 건 처음이잖아요. 매일 회사에서 시키는 것만 해서 그런지 적응이 안 되는 것 같아요. 힝."

유나의 애교에 멤버들이 진저리를 쳤다. 하지만 모두가 유나의 말에 공감을 했다. 정상에 올랐던 걸 그룹이었지만 S&H의 꼭두각시나 다름없던 멤버들이었다.

하지만 어울림은 달랐다. 새 앨범의 제작이 결정되면서 프로듀서로 오승석과 블루마운틴, i2i의 이솔이 합류를 했지만, 전체적인 앨범 콘셉트는 드림걸즈 멤버들이 스스로 정해야 했다. 현우가 내준 일종의 과제였다.

멤버들이 동그랗게 원을 그리며 모여 앉았다. 그리고 새하얀 A4 용지에 음악 장르를 적기 시작했다.

걸리쉬, 섹시, R&B, 힙합, 걸크러쉬, 댄스 등등 다양한 음악장르가 튀어나왔다.

"으음."

엘시가 팔짱을 끼고는 A4 용지를 노려보았다. 사실 걸즈파워 1기로 활동을 한 시절을 떠올려 보면, 걸즈파워는 걸리쉬와 댄스의 중간 포메이션에 위치하고 있었다. 즉, S&H 특유의 색채가 진했다.

팬덤은 강력했지만, 대중성은 많이 떨어지는 편이었다. 반면 어울림은 전 세대가 공감을 하는 음악을 지향했다. 걸즈파워 시절 i2i를 보며 놀란 것도 아이돌 포지션에 아티스트로서의 색채도 가미했기 때문이었다.

현재 i2i는 국내는 물론 일본에서 엄청난 인기를 끌고 있었다. 뷰티 이후로 가장 성공한 걸 그룹으로 불리고 있었다. 연예계 관계자들이 전설을 써내려 갈 것이라며 기대를 모으고 있을 정도였다.

"저는 섹시 콘셉트 하고 싶어요!"

유나가 손을 번쩍 들고 말했다.

"유나, 네가 섹시한 콘셉트를 어떻게 소화할 건데? 수진 언니나 연희면 몰라도. 너 때문에 안 될걸?"

나나의 말에 유나가 울상을 했다.

"수, 수술하면 되잖아요! 수술!"

"겁쟁이 주제에 퍽이나."

제시도 고개를 저었다.

"섹시는 유나 때문에 제외."

엘시가 최종적으로 결론을 내렸다. 유나가 울상을 했다.

"우리 힙합 하자."

이번에는 제시가 의견을 냈다.

"가사는 네가 쓰고?"

크리스틴의 질문에 제시가 고개를 끄덕거렸다.

"앨범 내자마자 은퇴하겠네. 너 가사 쓴 거 보니까 죄다 죽어, 죽어, 저주해, 불반도 조선, 이런 거밖에 없던데, 미쳤어?"

"너, 너! 내 작사 노트 봤어?"

제시가 얼굴을 붉혔다.

"요! 남자들은 나를 갈망! 하지만 너희들은 ×망! 공주 대접은 사양! 나는 남자 위에 군림하는 공주 아닌 군주! …가사 너무 터프하잖아."

엘시가 랩을 했다. 제시의 얼굴이 활화산처럼 폭발 직전이었다. 멤버들이 배를 부여잡고 연습실을 굴러다녔다.

"히, 힙합도 빼자. 미안! 힙합은 더 공부할게!"

결국 제시가 한발 물러섰다.

결국 멤버들의 눈동자가 엘시에게로 향했다. 탈퇴 사건이 있긴 했지만, 엘시는 여전히 최고의 리더였다.

"우리 그거 하자, 얘들아."

"그거? 그게 뭔데요?"

연희가 물었고, 엘시가 씩 웃었다.


*　　　　*　　　　*


한 차례 숨을 고른 후 현우는 스위트룸의 문을 열고 들어갔다. 최대한 평온한 표정을 연출하면서 말이다.

침대에 걸터앉아 수호 팀과 꼬치를 먹고 있던 송지유가 고개를 돌렸다.

"태명 오빠가 뭐래요? 스케줄 잡혔어요?"

"응. 스케줄이긴 한데 말이지……."

현우가 말끝을 흐렸다. 송지유가 살짝 웃었다.

"괜찮아요. 곧 설날이잖아요. 꼭 해야 하는 스케줄이면 할 수 있어요. 영화에 투자까지 했는데 한 푼이라도 더 벌어야 하잖아요. 행사예요? 오랜만에 행사도 재미있겠어요."

"역시 어울림 안방마님이라 이거야? 고마운데?"

현우가 빙그레 웃었다.

"정말 괜찮다니까요?"

"아냐. 너랑 지혜는 당분간 배역에만 몰두해."

"내 스케줄 때문에 전화 온 거 아니었어요?"

송지유에 이어 신지혜까지 고개를 갸웃했다. 현우가 머리를 긁적였다.

"응. 지유 너는 아니고… 나랑 태명이랑 우리 매니저들한테 예능 섭외가 하나 들어왔어."

"우와! 어울림 F4 잘나가네?"

신지혜가 헤헤 웃으며 자기 일처럼 좋아했다. TV 출연이면 그저 좋은 일이라고 생각하는 신지혜였다.

"어떤 예능인데요?"

"음, 그게 말이지."

현우가 살짝 말을 흐렸다. 송지유가 눈을 가늘게 떴다.

"아무 말 안 할 테니까, 말해보세요."

"정말이야?"

"네. 내가 뭐라 그래요? 평소에?"

"응. 엄청."

신지혜가 현우를 보며 도리도리 고개를 저었다. 현우는 아차 싶었다. 자기도 모르게 본심이 나와 버렸다. 신지혜가 한숨을 쉬었다. 매번 이런 식으로 유도신문에 넘어가는 삼촌이 가여웠다.

스위트룸 안으로 적막이 흘렀다. 수호 팀이 괜히 당황해서 다급히 꼬치를 입으로 욱여넣었다.

"나 잔소리하는 스타일 아니잖아요."

"어?"

"휴우. 언니, 그건 아니잖아."

"조용히 해."

"치. 불쌍한 우리 삼촌."

현우는 조용히 웃기만 했다. 잔소리꾼이긴 했지만 사실 송지유 덕분에 과중한 업무 가운데서도 컨디션 조절을 잘 할 수 있었다. 솔직히 송지유의 관심이 좋기도 했다.

"진짜 화 안 낼 거지?"

"화가 날 만한 일인가요?"

"…어쩌면?"

"괜찮으니까 말해보세요."

"음, 그게 말이지."

현우는 설명 대신 핸드폰을 내밀었다. 메일로 손태명이 보내준 기획안이 떠올라 있었다. 핸드폰 속 기획안을 들여다보더니 송지유의 표정이 무표정해졌다. 수호 팀이 슬금슬금 스위트룸을 빠져나갔다.

현우와 송지유, 신지혜 셋 만이 스위트룸 안에 남았다. 현우는 괜히 식은땀이 흘렀다. 슬쩍 신지혜를 앞으로 세워 방패막이를 했다.

"……"

송지유가 핸드폰을 슥 침대에 내려놓았다. 그리고 팔짱까지 꼈다. 얼음 여왕님 포스가 뿜어져 나왔다.

"소개팅 프로인데, 이번에 마소진 피디님이 설 연휴 특집으로 기획을 하신 거라네. 도와달라고 친히 전화까지 오셨다고 하더라. 한 번 정도는 도움을 드려야 도리가 아닐까 싶어서 말이지. 뭐, 운 좋으면 태명이나 우리 매니저들 여자 친구도 생기고 좋지 않겠어?"

괜스레 말이 길어졌다.

"알았어요."

"응?"

너무나 쉽게 허락이 떨어졌다. 현우는 어리둥절했다.

"오빠가 다른 여자한테 눈 돌릴 사람도 아니고, 나 송지유 잖아요. 허튼 짓 하면 오빠 손해지 뭐, 안 그래요?"

"마, 맞지! 그렇지! 하하!"

현우가 하하 웃으며 말했다. 수호 팀이 사라지자 송지유의 표정에 어리광이 진해졌다.

"꼬치 먹여줄게요. 배고프죠?"

"응. 배고프다."

"아~ 해봐요."

"아~"

꼬치 하나가 현우의 입안으로 쏙 들어갔다. 송지유가 생글 생글 웃었다.

"진짜. 닭살."

신지혜가 그런 둘을 보며 질린 표정을 했다.

오붓하게 야식을 먹고 현우는 스위트룸을 나섰다. 그런데 신지혜가 따라 나왔다.

"들어가. 오늘 하루 수고했다, 우리 지혜."

"삼촌, 나 궁금한 거 있어."

현우가 신지혜를 내려다보았다.

"물어봐, 신지혜 어린이."

"삼촌은 왜 지유 언니 앞에서는 바보 같아?"

"내가 바보 같았나?"

현우가 피식 웃었다. 신지혜가 고개를 끄덕였다.

"응. 가끔, 아니, 항상. 그래서 속상해. 언니가 얄미워."

"하하. 진짜 시누이 같네, 우리 지혜."

"그럼 아니야? 내가 아직 어려서 그렇지, 나중에 크면 삼촌 지켜줄 거야."

"말만 들어도 고맙네. 그런데, 지혜야."

현우가 무릎을 굽히고 신지혜와 눈을 마주했다.

"왜에? 뭐?"

"음. 남자는 말이지. 좋아하는 여자 앞에서는 원래 바보가 되는 거야. 속 좁게 사랑하는 여자 이겨먹어서 뭐 할 건데? 지혜도 나중에 크면 다 알게 될 거다."

신지혜가 알쏭달쏭한 표정을 했다. 현우가 신지혜의 어깨를 토닥였다.

"잘 자라, 우리 공주님."

"으! 닭살! 느끼해. 진짜!"

현우가 장난스러운 표정을 하며 숙소로 돌아갔다.

\*　　　　\*　　　　\*

"우리 그거 하자, 그거."

엘시가 의미심장한 말을 내뱉었다.

"아! 그러니까 그게 뭐냐고!"

성격 급한 제시가 엘시를 재촉했다. 엘시가 옛 기억을 떠올렸다. S&H에서 최종 데뷔를 앞두고 걸즈파워 멤버로서 선보인 자작 무대가 있었다. 이장호 회장에게 두서가 없다고 혼이 나긴 했지만 멤버들끼리 힘을 합쳐 만든 첫 무대였다.

"우리 데뷔 멤버 최종 평가 때, 자작 무대 했던 거 기억나?"

"응 기억나. 처참하게 까였었죠."

연희가 그날의 악몽이 떠올라 떨떠름한 표정을 지었다.

"그 무대 때문에 우리 데뷔 못 할 뻔했던 거 알지, 이다연 씨?"

크리스틴이 고개를 휘저었다.

"까불지 마라, 나대지 마라, 하는 온갖 악평은 다 받았잖아요. 힝."

유나까지 울상을 했다. 잠시 침묵이 감돌았다. 하지만 드림걸즈 멤버들이 하나둘 킥킥 웃기 시작했다.

자작 무대는 흥과 끼가 넘치다 못해 나댄다는 악평까지 들었던 무대였다. 한 곡에 유로 댄스와 힙합, 걸크러쉬에 걸리쉬 등 온갖 장르가 다 짬뽕이 되어 있던 데모곡이었다. 한마디로 난장판이었다.

"그때 참 재미있었는데, 그렇지 않아?"

엘시가 멤버들을 둘러보며 말했다. 다들 고개를 끄덕였다. 정말 흥이 넘치고 정신이 없는 무대였다.

"우리 그 콘셉트로 하자! 콜?!"

"정신 나간 애들로 보일 텐데요?"

유나가 살짝 걱정을 했다. 걸즈파워는 고급화 전략으로 인해 대중들에게 가벼운 이미지는 아니었다. 엘시도 솔로 앨범으로 인해 당당히 아티스트의 반열에 올라 있었다.

유나와 연희 같은 경우에는 여배우 이미지도 잡혀 있었다. 크리스틴은 ice틴이라는 별명까지 있었다.

"유나, 넌 원래 초딩이고. 엘시, 쟤도 제정신은 아니잖아."

"야! 나 이제 병원 한 달에 한 번 가거든! 약도 줄었어!"

크리스틴이 조용히 의견을 피력했다. 엘시가 발끈했다. 다들 킥킥 웃으며 연습실 바닥을 굴렀다.

엘시가 연습실 천장을 바라보았다. 이렇게 마음이 편하고 즐거울 수가 없었다.

"애들아, 우리 앨범 대박 날 거 같아. 제대로 까불어보자고!"

"연희랑 유나, 괜찮겠어?"

크리스틴이 곁눈질로 두 동생을 살펴보며 물었다. 초딩에 바보 같은 유나였지만 대중들에겐 청순 여신으로 각인이 되어 있었다. 단아한 이미지의 연희도 얼추 비슷했다.

"괜찮아요! 이제 편하게 살게 될 것 같아요!"

"저도요! 유나랑 저랑 팬들 앞에서 이미지 관리 하느라 힘들었거든요."

"하긴. 우리 막내들이 고생이 많았지."

엘시도 고개를 끄덕였다.

"근데 통 아저씨 춤 안무에 넣을 거예요? 언니들?"

유나가 물었다.

"당연하지. 유나 네가 중요해. 최대한 까불어야 하니까."

"저 잘할 수 있어요! 연습해야지!"

유나가 일어나서 통 아저씨 춤을 한번 춰보았다. 오리지널 버전의 통 아저씨 춤은 아니었다. 살짝 유나 버전으로 변형을 한 것이었는데 귀여우면서도 상당히 웃겼다.

"그래! 우리 제대로 망가져 보는 거야!"

다들 일어나서 통 아저씨 춤을 추기 시작했다. 어느새 제시가 핸드폰에 저장되어 있던 데모곡까지 재생을 시켰다.

그때, 스르륵 연습실 문이 열렸다. 두툼한 떡볶이 코트에 목도리를 돌돌 두른 이솔이 연습실로 조심스레 들어왔다.

눈앞에 펼쳐져 있는 광란의 무대에 이솔의 눈동자가 커졌다. 이솔이 그대로 굳어버렸다. 그리고 선배들의 무대를 조용히 지켜보기 시작했다.

안무도 다 제각각이었다. 그런데 정말로 흥거웠다. 이솔의
양 보조개가 쏙 들어갔다. 그사이 곡이 끝이 났다.

엘시와 드림걸즈 멤버들이 서로를 보며 한참을 웃었다. 그
러다 바닥으로 널브러졌다.

"대표님이 보시면 기절하겠지?"

크리스틴이 현우를 떠올리며 말했다.

"지금쯤이면 이미 기절했을걸. 지유 때문에?"

엘시도 현우를 떠올리며 장난스러운 표정을 했다.

"…서, 서, 선배님들! 안녕하세요."

이솔이 용기를 내서 입을 뗐다. 갑작스러운 목소리에 멤
버들이 연습실 바닥에서 상체를 일으켰다.

"어? 솔이네? 너 언제 왔어?"

엘시가 이솔을 반겼다. 반가워하는 엘시와 다르게 다른 멤
버들은 하나같이 얼굴을 붉혔다. 까마득한 후배 앞에서 대놓
고 요상한 무대를 선보였다는 생각이 들어서였다.

"봐, 봤니?"

크리스틴이 물었다. 이솔이 난감해했다. 선배들의 얼굴이
부끄럼으로 물들어 있었다. 그렇다고 성격상 차마 거짓말을
할 수는 없었다.

"네에……."

"창피해! 솔이 앞에서 무슨 짓을! 힝!"

유나가 부끄러움에 얼굴을 가렸다.

"뭐 어때! 우리 프로듀서 선생님인데!"

엘시가 씩씩하게 멤버들을 격려했다. 그리고 다시 이솔에게로 시선을 돌렸다.

"어땠어?"

엘시의 질문에 이솔이 또다시 분홍색 입술을 떼었다.

"흥겹고 행복해 보였어요."

"정말?"

엘시가 물었다. 이솔이 얼른 고개를 끄덕거렸다.

"저도 재미있게 봤어요, 선배님."

"봐봐! 이거 괜찮다니까? 솔이도 그렇다고 하잖아!"

"진심으로 하는 이야기니?"

크리스틴이 또 물었다. 이솔도 또 고개를 끄덕거렸다. 엘시가 서둘러 손을 들었다.

"난 이번 앨범 곡으로 이 곡을 했으면 좋겠어. 찬성하는 사람?"

유나와 연희, 나나가 동시에 손을 들었다. 제시도 손을 들었다. 다른 멤버들도 하나둘 손을 들기 시작했다. 남은 멤버는 2인자인 크리스틴뿐이었다.

"진짜 이 비글들을 어쩔 거야……."

한숨을 내쉬면서 결국 크리스틴도 손을 들었다.

"오케이! 전원 찬성!"

엘시가 히히 웃으면 신나 했다.

*　　　　*　　　　*

구룡성채를 배경으로 한 세트장 안에 긴장감이 감돌고 있었다. 드디어 첫 신의 테이크를 끊는 역사적인 순간이었다.

카메라를 비롯해 각종 장비들, 그리고 조명들과 음향 장비들이 곳곳에 설치가 되었다. 송지유도 세트장 밖 의상팀과 분장팀에서 만반의 준비를 마치고 촬영장으로 모습을 드러내었다.

스태프들의 탄성이 쏟아졌다. 중화권에서 송지유 같은 차가운 인상의 미녀를 선호하기 때문도 있지만, 의상이나 메이크업의 영향인지 차갑고 퇴폐적인 느낌이 물씬 풍겨 더욱 아름답게 보였기 때문이다.

"……"

현우가 멍하니 넋을 잃었다. 의상도 그랬고, 송지유는 정말 아름다웠고, 매혹적이었다.

"이상해요?"

"그럴 리가."

멍해진 현우를 보며 송지유가 살짝 웃었다.

"잘하고 올게요, 오빠."

"오케이. 송지유만 믿는다."

"그래요."

송지유가 현우를 지나쳐 카메라 앞으로 섰다. 장삼우 감독을 비롯한 연출진이 구도를 잡고는 카메라 속 송지유를 확인했다.

이번에 현우의 제안으로 도입한 4k 카메라는 고가인 만큼 탁월한 성능을 자랑했다. 카메라 화면 속에 구룡성채 특유의 어둡고 암울한 색감이 그대로 담겼고, 송지유의 미모도 더욱 빛을 발했다.

"지유 씨, 준비됐습니까?"

장삼우 감독이 콜 사인을 보내기 전에 물었다. 송지유가 고개를 끄덕였다.

"네! 가요, 감독님!"

"그럴까요?"

"레디! 액션!"

조연출 한 명이 슬레이트를 내려쳤다. 그리고 본격적으로 첫 촬영이 시작되었다.

\* \* \*

S#1 구룡성채의 낡고 허름한 Bar / INT / NIGHT

long shot

손님들로 가득한 Bar.

full shot / low angle

bar의 중앙에 위치한 무대, 세션 밴드와 함께 흑화(송지유)가 검은색 차이나 드레스를 입고 락 밴드 Nirvana의 'Smells Like Teen Spirit'을 부르고 있다. 무대 뒤에는 여자 댄서들이 흐느적거리며 퇴폐적인 춤을 추고 있다.

거친 느낌의 원곡과 다르게 무명 가수가 부르는 곡은 재즈에 조금 더 가깝게 편곡이 되어 있다. 허름한 Bar를 찾은 손님들 대부분이 미모의 무명 가수에게 시선을 빼앗긴 상태다.

knee shot → waist shot / 원형 달리, pen(left → right)

하지만 차갑고 감정 없는 표정의 흑화는 그저 노래만 부르고 있을 뿐이다.

waist shot

노래를 부르던 흑화의 시선이 Bar의 구석 테이블로 향한다.

close up → extreme close up

선우정아(신지혜)가 주스를 마시며 무대를 지켜보고 있다. 선우정아의 눈동자에 흑화의 모습이 담겨있다.

long shot → close up

노래를 부르던 흑화의 시선도 선우정아에게로 향한다. 흑화의 얼굴에 미묘한 감정이 어렸다 사라진다.


현우는 대본을 살펴보다 연기에 몰입해 있는 송지유와 신지혜를 눈으로 담았다. 단 하나의 대사도 없이, 그리고 단 한 번의 NG도 없이 송지유와 신지혜는 배역에 몰입해 있었다. 덕분에 촬영장의 분위기도 더없이 진지했다.

'역시 우리 어울림 배우들답다.'

현우 옆에 서 있던 최영진도 흐뭇한 얼굴을 하고 있었다.

"컷! 좋습니다! 허허!"

장삼우 감독이 첫 take를 끊었다. 조연출과 스태프 전원이 박수를 보내왔다.

그렇게 첫 번째 신의 촬영이 순조롭게 종료되었다.

세트로 지어진 구룡성채 안은 제법 쌀쌀했다. 여성 스태프들이 서둘러 담요를 가지고 와 송지유와 신지혜의 몸에 둘러주었다. 송지유와 신지혜가 배우들답게 장삼우 감독에게 다가가 촬영된 신을 확인했다.

그 어느 때보다 진지한 표정이었다. 장삼우 감독은 물론 송지유까지 흡족해했다. 특히 조연출이나 스태프들은 카메라 속 송지유를 보며 감탄을 숨기지 못했다. 대사 하나 없이 존재 자체만으로도 압도적인 오프닝 시퀀스를 만들어낸 송지유였다.

신지혜도 이에 못지않았다. 신비로움이 물씬 풍기는 작은 소녀의 존재감은 Bar 안의 그 어떤 누구보다도 두드러졌다.

장삼우 감독이 현우와 최영진에게 손짓을 했다. 현우와 최영진도 서둘러 모니터링을 했다.

"흐음."

현우가 턱을 어루만지며 흡족한 표정을 했다. 영화에 대한 전문적인 지식은 없었지만 현우에겐 날카로운 감이라는 것이 있었다. 회색과 블루 계열의 색감이 진하게 묻어나오는 영상미도 마음에 들었고, 오프닝부터 호기심을 자극할 만한 요소가 뚜렷했다.

반대로 최영진은 영상 속 송지유에게 푹 빠져 있었다.

"지유가 예쁘긴 진짜 예쁘네요."

최영진이 중얼거렸다. 21살의 송지유는 작년 20살의 송지유에게는 없었던 성숙함이 물씬 느껴졌다.

"괜히 얼굴 천재겠냐."

현우도 송지유를 빤히 쳐다보고 있었다.

"왜요? 메이크업 번졌어요?"

"아니, 왠지 오늘 낯선데?"

"화장 좀 하고 다닐까요?"

송지유가 물었다. 현우가 고개를 저었다.

"아니, 가끔 이런 모습을 보는 것도 나쁘지는 않네. 색다른데?"

"그래요?"

송지유가 조용히 웃었다. 스태프들이 와아 하고 감탄을 했다. 그리고 그 모습들을 보며 신지혜가 볼을 부풀리고 있었다. 온통 관심이 송지유에게만 모아져 있었기 때문이었다.

"씨. 나도 얼른 크던가 해야지. 진짜 불공평해."

"고운 말, 바른 말 쓰기."

송지유가 신지혜를 노려보며 엄한 표정을 했다. 신지혜가 움찔했다.

"쫘리, 언니."

배시시 웃는 신지혜였다.

\*　　　　\*　　　　\*

"그러니까 이 데모곡을 가지고 곡을 만들자는 거지?"

어울림 전속 작곡가이자 요즘 한창 주가를 올리고 있는 오승석이 조금은 곤란한 표정을 했다.

"네! 어때요, 승석 오빠?"

엘시가 대표로 물었다. 오승석이 블루마운틴을 슥 곁눈질로 보고는 습관적으로 목을 긁적였다. 좋게 평가를 내리자면 파이팅이 넘치고 흥겨운 곡이었지만, 혹평을 내리자면 두서없고 정신없는 곡이었다. 오래 전, S&H에서 혹평을 내렸던 이유가 어느 정도는 이해가 갔다.

"음… 어렵네. 청산아, 너는 어떤 거 같아?"

블루마운틴이 팔짱을 꼈다. 블루마운틴 역시 히트곡 제조기로 명성을 날리고 있는 작곡가였다. 그런데 작곡가 인생에 가장 큰 난제가 느닷없이 들이닥쳤다.

"전체적으로 싹 손을 봐야 할 것 같다. 곡이 너무 난해해. 그럼, 우리 ggobuki 선생은 어떻게 생각해?"

"네?"

모두의 시선이 쏟아졌다. 이솔이 부끄러움에 얼굴을 붉혔다. 여전히 수줍음이 많은 이솔이었다.

초대박을 친 i2i의 마법소녀 컨셉 앨범의 메인 프로듀서는 이솔이었다. Big oh 오승석과 블루마운틴 백청산은 그저 거들기만 했을 뿐.

"천재 프로듀서님의 의견도 중요하거든."

블루마운틴의 농담에 이솔의 목이 거북이처럼 움츠러들었다.

"귀, 귀여워!"

"이건 소장해야 해!"

엘시와 멤버들이 핸드폰으로 사진을 찍어댔다. 한바탕 포토 타임이 끝나고 이솔이 간신히 입을 열었다.

"저, 저는 괜찮을 것 같아요. 신나고 우울할 때 이 노래를 들으면 업될 것 같기도 하고."

"거봐요! 꼬부기 선생님도 오케이했잖아요?"

엘시가 씩 웃었다.

오승석이 결정을 내렸다.

"그럼, 일단 콘셉트부터 잡아보자. 괜찮지, 청산아?"

"나도 재미있을 것 같다."

"자! 일단 앉으세요! 선생님들!"

엘시가 세 프로듀서를 연습실 바닥에 앉혔다. 크리스틴이 이솔의 목에 겹겹이 둘러져 있는 목도리를 벗겨주었다. 유나는 더플코트까지 친히 벗겨주었다. 실로 극진한 후배 대접이었다.

"감사합니다, 유나 선배님."

"감사는! 헤헤."

본격적으로 회의가 시작되었다. 세 프로듀서는 엘시와 멤버들을 쳐다만 보고 있었다. 엘시와 멤버들의 의견을 최대한 반영하라는 현우의 당부가 있었기 때문이었다.

"콘셉트 관련해서 의견 있는 사람?"

오승석이 물었다. 엘시가 번쩍 손을 들었다.

"있잖아요. 저희도 신스팝을 해보고 싶어요."

"신스팝?"

블루마운틴이 되물었고, 오승석은 회심의 미소를 지었다. 신스팝이야말로 오승석이 돌풍을 일으킨 바로 그 장르였다. i2i의 성공에는 오승석의 신스팝이 있다고 해도 과언이 아니었 다. 또한 걸리쉬 신스팝이라는 새로운 장르를 유행시킨 장본 인이기도 했다.

"거기다 솔이 스타일까지 더하면 진짜 흥겹지 않을까요?"

"일렉트로니카까지 섞겠다고?"

오승석이 되물었다.

"……."

그리고 연습실 안으로 적막이 흘렀다. 세 가지 장르가 섞인 곡이라니… 확실히 쉽지 않은 작업이 될 것 같았다.

엘시와 멤버들은 세 프로듀서가 무슨 말을 할지 고대하고 있었고, 세 프로듀서는 각자 생각에 잠겨 있었다.

"그, 그럼 비글 콘셉트는 어떠세요?"

"비글?"

"네, 크리스틴 선배님이 하신 말을 들었어요. 근데… 정말 비글들 같아서."

이솔이 의견을 피력했다. 기존의 걸즈파워는 대한민국 넘버 원 걸 그룹이라는 수식어 때문에 멤버들마다 고급화 전략을 구사했었다. 멤버 한 명, 한 명의 브랜드화가 S&H가 내세운 전략이었다.

전후 사정을 모르고 있었던 오승석과 블루마운틴도 고개를 끄덕였다. 걸즈파워가 아닌 드림걸즈로 거듭난 멤버들의 진면목을 보여준다면, 확실히 팬과 대중에게 먹힐 것 같다는 판단이 들었다.

"안무는 릴리 선생님이랑 의논을 하면 될 것 같고, 의상은 은정이가 있으니까 걱정 없고. 곡만 나오면 되는데, 꼬부기 선생님이랑 우리 작곡가 오빠들 있으니까 그것도 걱정 없고."

엘시가 속사포처럼 말을 내뱉었다. 회의는 속전속결이었다.

"저… 그리고 한 가지 더 제안할 게 있어요."

이솔이 또 의견을 피력했다.

"뭔데? 뭔데?"

엘시와 멤버들의 눈동자가 초롱초롱 빛났다.

"사실 이번에 선배님들을 지켜보면서 만든 곡이 있어요."

이솔의 양 볼이 붉어졌다.

"꺄아~"

유나가 이솔을 폭 껴안았다가 놓아주었다. 평소 SNS에 이솔 도촬 사진을 연거푸 올리고 있는 유나였다. 이솔은 평소에 자신의 셀카를 잘 올리는 편이 아니었다. 그래서인지 i2i의 팬덤은 유나 덕을 톡톡히 보고 있는 중이었다.

요 근래에는 i2i × 드림걸즈 연합 팬덤이 생겨나고 있었다.

"휴."

간신히 빠져나온 이솔이 숨을 골랐다. 엘시와 멤버들은 감동을 받은 상태였다. 계약 파동 사건을 겪으며 아직도 후유증을 겪고 있는 멤버들이었다. 그런데 그런 자신들을 위해서 곡을 만들었다니, 고맙지 않을 수가 없었다.

"자, 잠시만요."

이솔이 핑크색 맨투맨 티 안에서 목걸이를 꺼냈다. 목걸이 끝에는 현우가 선물로 사준 토끼 가면 모양의 USB가 걸려 있었다.

조심조심 USB를 분리한 이솔이 오승석에게 USB를 건넸다. 오승석이 곧바로 노트북에 USB를 꽂자, 자작곡 목록이 주르륵 떴다.

"이게 다 몇 곡이야?"

블루마운틴이 놀란 표정을 했다. 이 정도면 거의 공장 수준이었다.

'현우가 천재라고 자랑하던 이유가 있었구나. 탐난다, 탐나.'

블루마운틴이 군침을 삼켰다.

"이거지, 솔아?"

"네, 승석 선생님."

마우스 커서가 가리키고 있는 곡은 제목 대신 '걸즈파워 선배님들께 드릴 곡'이라고 적혀 있었다. 오승석이 곡을 재생시켰다.

어쿠스틱 기타 연주가 먼저 흘러나왔다. 곧이어 이국적인 느낌이 물씬 풍기는 악기들의 소리가 겹쳐지기 시작했다. 무거운 분위기였지만 상당히 리드미컬하고 감각적인 곡이었다. 엘시와 멤버들이 정신없이 곡에 빠져들었다.

"장르가 뭐야? R&B? 발라드? 아니면 락?"

유나가 고개를 갸웃했다.

"아이리쉬 팝이네. R&B 느낌이 더 강하긴 하지만."

오승석이 이솔을 보며 말했다. 이솔이 작게 고개를 끄덕였다.

"아이리쉬 허슬은 또 어디서 구했어?"

블루마운틴은 깜짝 놀랐다. 아이리쉬 허슬은 아일랜드의 전통 악기였다. 이제 겨우 18살이 된 이솔이 쉽게 알 수 없는 그런 악기였다.

"장성률 선생님 작업실에서 구했어요."

"현우가 솔이한테 특별 과외 선생님을 붙여줬거든."

오승석이 부연 설명을 했다.

"그럼 U2 좋아해? 혹시?"

"네에. 좋아해요."

"나랑 취향이 비슷한데?"

블루마운틴이 감탄을 했다. U2는 아일랜드 출신의 전설적인 락 밴드였다. 아이돌이 U2를 노래를 즐겨 듣는다니 뭐랄까, 이솔이 더욱 색달라 보였다.

"현우가 애지중지할 만해. 승석아. 나도 이참에 어울림으로 올까?"

"갑자기?"

오승석이 눈을 크게 떴다. 얼마 전 S&H에서는 회사의 재건을 위해 블루마운틴에게 거액의 전속 계약을 제안한 적이 있었다. 블루마운틴은 자유를 구속받기 싫다며 거절을 했다. 사실 현우와의 의리를 지키기 위한 까닭도 있었다.

블루마운틴은 현우가 좋았다. 프로듀스 아이돌 121때 처음 친분을 쌓은 후로, 단 한 번도 어울림으로의 이적을 입 밖으로 꺼낸 적은 없었다. 블루마운틴 주변에 몇 없는 사심 없는 친구가 바로 현우였다.

"뭐야? 갑자기 왜 그러는 건데? 현우한테 약점 잡혔어?"

"미쳤냐? 그냥 제대로 제자 양성 좀 해보고 싶어서 그런다."

"솔이?"

"뭘 굳이 물어보냐. 당사자 부끄럽게."

이솔이 얼굴을 붉히고 있었다.

"저, 저도 블루마운틴 선생님께 배우고 싶어요."

"솔아! 나는?!"

오승석이 다급해졌다.

"내가 먼저 찜했어, 오승석?"

"뭐래? 솔이 싹을 키운 건 나라고!"

"엄연히 말하면 현우지! 왜 너야?"

"됐고, 현우한테 물어보자. 누가 더 솔이한테 도움이 될지."

"나야 자신 있지. 나 계약 조건에 넣을 건데?"

"야! 백청산? 치사하게 나올 거야?"

"그럼 너도 재계약하던가."

두 친구가 티격태격 서로 말꼬리를 붙잡고 늘어졌다. 중간에 자리 잡은 이솔이 안절부절 이러지도 저러지도 못하고 있었다.

"애들도 아니고 정말. 솔아 무시하고, 가사는 아직 없는 거야?"

엘시가 푹 한숨을 내쉬다 물었다. 이솔이 망설이다 입을 열었다.

"선배님들의… 이야기를 넣으면 좋겠다고 생각했어요."

"우리들 이야기?"

크리스틴이 물었다. 이솔은 더 이상 말을 하지 않았다.

"팬들한테 그동안 있었던 우리 이야기를 들려주라는 거잖아요. 그렇지?"

연희의 말에 이솔이 고개를 끄덕끄덕 했다.

"우리 이야기."

유나를 비롯한 엘시와 멤버들이 숙연해졌다. 엘시의 탈퇴

와 계약 파동 사건을 겪으며 누구보다 상처를 받은 건 걸즈파워 팬덤이었다. S&H 본사 앞에서 추위에 떨며 침묵시위까지 해주었다.

지금은 모든 일들이 잘 해결되긴 했지만, 상처라는 흔적은 완전히 지워지지 않는다. 얼룩이라는 것을 남기기 때문이다.

상처 입은 팬들을 위로해 줄 수 있는 노래. 그게 바로 이슬의 생각이었다.

"가사 쓰자, 우리."

"진심을 담아서 써요, 언니."

"그동안 우리들도 하고 싶었던 말 많았잖아. 다들 그렇지 않아?"

엘시가 멤버들을 둘러보며 물었고, 멤버들도 저마다 생각에 잠겼다.

그렇게 엘시와 멤버들이 결의를 다졌다.

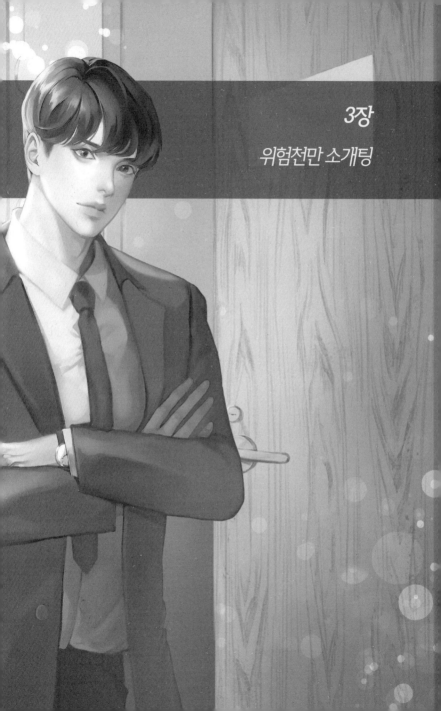

# 3장

## 위험천만 소개팅

한 달 후, 인천국제공항에 현우와 최영진이 캐리어를 끌고 나타났다. 2월 초에 접어들었지만 한국은 아직까지도 쌀쌀했다.

새벽 공기를 만끽하며 현우와 최영진이 공항을 빠져나왔다. 어둑어둑한 공항 밖은 사람들도 별로 없었다.

"아무도 마중 안 나온 거예요, 형님?"

"그런 것 같은데? 잠깐만."

드르륵, 때마침 핸드폰이 울려댔다. 실장 김정우였다.

"네, 정우 형님. 방금 한국 도착했습니다."

―현우 씨, 저희도 다 와갑니다. 많이 춥죠?

"오랜만에 한국 공기를 마시니까 좋네요. 근데 또 누구 같이 오는 겁니까?"

저희라는 단어가 신경이 쓰였다. 김정우가 특유의 너털웃음을 흘렸다. 그리고 핸드폰 너머로 익숙한 목소리가 들려왔다.

―오빠! 오빠!

―대표님! 보고 싶었어요! 헤헤!

엘시와 유나였다. 현우가 피식 웃어버렸다.

"형님, 또 누가 오는 겁니까?"

"다연이랑 유나 씨도 온다는데?"

"다들 구경났다더니 진짠가 본데요? 후우."

최영진이 얼굴을 구겼다.

그랬다. 오늘은 바로 어울림 F4의 단독 예능 스케줄이 잡혀 있는 날이었다. 이름하야 '두근두근 썸남썸녀!' 특집. 그동안 MBS의 음악 방송을 담당했던 마소진 피디가 설 연휴를 맞이하여 야심차게 기획한 소개팅 프로였다.

아직 녹화 전이었건만 벌써 입소문이 돌고 있을 정도로 대중의 기대는 컸다. 일이 커지는 바람에 현우는 송지유의 눈치를 보느라 고생이 이만저만이 아니었다.

그사이 초록색 밴 한 대가 스르륵, 공항으로 들어섰다. 운전석 창문이 내려가며 김정우의 얼굴이 보였다.

"현우 씨! 영진 씨!"

밴의 문이 열렸다. 엘시와 유나의 모습이 보였다. 두 명 모두 반가운 기색이 역력했다. 현우와 최영진은 일단 밴으로 올라탔다.

밴이 공항을 빠져나가기 시작했다. 힘 좋은 유나가 현우와 최영진의 캐리어를 뒷좌석 쪽으로 옮겼다.

현우가 장난기 가득한 엘시를 쳐다보았다.

"다연아, 자고 있을 시간 아니었어?"

"오늘 같은 날, 가만히 자고 있을 수는 없잖아요. 그렇지, 유나야?"

"응, 언니! 히히."

"네가 마 피디님이랑 통화해서 이번 예능 잡았다며?"

"재미있을 것 같아서요. 그리고 우리 오빠들 다 솔로인데, 애인도 만들고 좋잖아요?"

"그, 그렇긴 한데."

다 솔로라는 말을 내뱉고는 엘시가 의미심장한 웃음을 머금었다. 현우는 이러지도 저러지도 못했다. 사실 마음 같아서는 송지유와의 사이를 회사 식구들에게만은 오픈하고 싶었다. 송지유도 현우와 같은 생각이었다. 그런데 타이밍이 애매했다.

갑자기 식구들을 모아놓고 뜬금없이 둘이 좋은 감정으로

만나고 있다고 말을 할 수도 없는 노릇이었다. 그러다 보니 비밀 연애가 되어버리고 말았다.

"아예 매니지먼트 팀 하나 따로 만들어줘? 이다연 실장?"

"나중에요."

엘시가 싱글싱글 웃었다. 그리고 눈을 가늘게 뜨고는 조심스레 입을 열었다.

"그런데 지유는 뭐라고 해요? 오빠들 예능 나가는 거?"

현우가 흠칫했다.

"지, 지유는 잘하고 오라던데?"

"코치까지 해주던데?"

최영진이 끼어들었다. 엘시가 한쪽 입꼬리를 올렸다.

"그래요, 그랬단 말이죠? 송지유, 역시 쉽지 않네."

"뭐라고?"

"아니에요. 못 들었으면 됐어요. 어쨌든 오늘 진짜 재미있겠다!"

"재미있겠다! 히히!"

엘시와 유나가 잔뜩 신이 났다. 김정우가 백미러를 살펴보며 조용히 웃고 있었다.

"누가 보면 너희들이 출연하는 줄 알겠다. 쩝."

최영진이 창밖을 바라보며 한탄을 했다.

"영진 오빠, 얼굴 좀 펴요. 오빠도 여자 친구 없잖아요. 이번 기회에 아나운서 여자 친구라도 생겨봐요. 와~ 출세했다. 최영진 팀장!"

"대박 사건! 히히."

유나까지 덩달아 설레어하고 있었다. 최영진이 길게 한숨을 내쉬었다. 그러자 엘시가 씩 웃음을 머금었다.

"혹시?"

"혹시 뭐?"

"혹시 영진 오빠 모쏠이에요?"

"정답. 영진이 모태 솔로란다, 다연아."

"혀, 형님! 사나이끼리의 비밀을!"

최영진이 절규를 했다. 현우는 모른 척 웃기만 했다.

그러했다. 남중, 남고, 군대, 3단계를 밟아온 최영진은 모태 솔로였다. 군대를 전역한 이후로는 어려운 가정 형편 탓에 곧장 소형 기획사에 취직을 했다. 그리고 사바나의 로드 매니저를 맡았다.

어울림에 입사 전까지만 해도 여자 친구를 만날 시간도, 금전적인 여유도 없었던 최영진이었다. 그런데 첫 소개팅이 전국구 방송으로 나갈 참이다. 더군다나 상대는 아나운서들이었다.

"난 망했다고."

"오빠. 제가 확실한 팁을 알려줄게요."

"팁?"

최영진이 고개를 들었다. 엘시가 손가락 하나를 내보였다.

"딱 이것 한 가지만 기억하세요. 여자가 말을 하면 꼭 되물어 보세요."

"어, 어떻게?"

"잘 봐요. 유나야?"

"네! 언니!"


*　　　　　*　　　　　*


초록색 밴이 청담동 뷰티숍 몽마르트 앞에서 멈추어 섰다. 문을 열고 들어가자마자 현우가 헛웃음을 머금었다.

"하하. 동네잔치 열린 거야?"

정말이지 어이가 없었다. 드림걸즈 멤버들은 물론이요, i2i 멤버들 그리고 서유희까지 총출동을 한 상태였다. 손태명과 고석훈은 이미 치장에 한창이었다.

"대표님~!"

"영진 오빠!"

i2i 멤버들이 현우와 최영진에게 달라붙었다. 얼굴을 못 본 지도 한 달이 훌쩍 넘어 반가움은 더욱 컸다. 크리스틴과 연희 같은 드림걸즈 멤버들도 반가운 기색이 역력했다. 하지만

적극적인 i2i 멤버들과 다르게 일정한 거리를 두고 있었다.

"수정이 잘 있었고?"

"네, 대표님! 잘 지내고 있었어요! 일본 활동 때문에 조금 힘들긴 했지만, 보람 있었어요!"

"그래. 다른 멤버들도 문제없고?"

"그럼요! 우리 아이들 다 착하잖아요! 그리고 저랑 지연이가 있는데요?"

"잘했다. 우리 수정이랑 지연이."

현우가 부드럽게 웃으며 말했다.

"씨. 또 차별해. 김수정이랑 유지연만 예쁘죠?"

배하나가 잔뜩 심통을 냈다. 현우가 픽 웃었다.

"홍콩에서 유명한 육포 잔뜩 사왔는데."

"그, 그래서요?"

"대표님이 하나, 너 주려고 사왔다."

현우가 캐리어에서 육포가 포장된 쇼핑 봉투를 슥 내밀었다.

"수정이 거는요?"

"네가 나눠줘."

"헤헤! 오케이!"

이제야 배하나가 흡족해했다. 소녀들이라 그런지 기분을 맞추기가 여간 어려운 게 아니었다.

이번에는 현우의 시선이 크리스틴에게로 향했다.

"수진 씨, 앨범 준비는 잘되어가고 있어요?"

"네, 대표님. 콘셉트랑 의상도 잡았고, 안무도 완성했어요. 곡도 거의 다 나왔어요. 곧 녹음 들어갈 것 같아요."

"잘됐네요. 오늘 녹화 끝나고 중간 점검 좀 해봅시다. 괜찮죠?"

"네. 그러세요, 대표님."

대화를 나누는 사이 김은정이 슈트 두 벌을 들고 나타났다.

"잘 지냈냐?"

"당근이죠. 에고, 홍콩에서 고생 많았어요? 살 빠진 것 봐."

"아무래도 타지 생활을 하니까. 지유랑 통화했지?"

"네. 오빠 부탁하던데요? 참, 지유 할머니가 시간 날 때 들르라고 하셨어요. 오빠 몸보신시키신다고 그러시던데?"

"그렇지 않아도 할머님이랑 통화했다."

"오~ 역시 김현우답네."

김은정이 감탄을 했다. 현우는 그저 웃기만 했다.

"일단 앉아요. 헤어 세팅하고, 오늘은 메이크업도 해야 하니까. 슈트 마음에 들죠? 오빠가 좋아하는 코발트블루로 가져왔어요. 영진 오빠는 차가운 느낌의 피아노블랙!"

김은정이 양손에 슈트를 들고 자랑스럽게 설명을 했다.

꽃단장이 시작되었다. 몽마르트의 모든 직원들이 달라붙어 매니저들을 꾸미기 시작했다.

"대표님, 이거……."

이솔이 현우에게 다가와 조심스레 무언가를 건넸다. 현우가 대견한 얼굴을 했다.

"새벽부터 도시락 싼 거야?"

"네. 아침 안 드셨을 것 같아서요."

"고마워. 기특하네, 우리 솔이."

현우가 조심조심 도시락을 열었다. 토끼 얼굴 모양의 일본식 주먹밥이 가득했다. 최영진이나 손태명, 고석훈의 것도 있었다.

현우는 얼른 주먹밥을 먹어보았다.

"오! 맛있는데 이거?"

김의 감칠맛과 함께 찰진 쌀, 그리고 그 속에 들어가 있는 고소하고 짭조름한 명란젓이 마요네즈에 잘 버무려져 있었다.

"지유가 만들어주는 도라지 유부 초밥의 악몽이 깨끗하게 지워지는데요, 형님?"

최영진이 감격스러운 얼굴로 말했다.

"그러니까."

현우도 무의식적으로 고개를 끄덕이다 멈칫했다. 여기저기서 보는 눈이 많았다. 특히 요주의 인물은 절친 김은정과 악동 엘시였다.

"솔이가 만든 주먹밥 진짜 맛있다. 근데 지유가 만든 것도 건강에는 좋잖아. 갑자기 도라지 유부 초밥 생각나는데?"

"너무 티 난다~"

"그러게요~"

엘시와 김은정이 서로 대화를 주고받았다. 현우는 괜히 찔려서 조용히 눈을 감았다. 하지만 손은 계속해서 이솔표 주먹밥으로 향하고 있었다.

＊　　　＊　　　＊

"어머! 김정우 실장님 아니세요? 이게 얼마만이에요?"

MBS 녹화 세트장에서 전두 지휘를 하고 있던 마소진 피디가 김정우를 격하게 반겼다. 김정우도 부드러운 미소를 머금었다.

"마 피디님, 오랜만입니다. 잘 지내셨습니까?"

"저야 뭐 늘 똑같아요. 오랜만에 뵙는데 그대로시네요? 연예계를 떠났다고 이야기를 들었을 때 얼마나 서운했는지 몰라요. 옛날 기억도 많이 나네요. 신입 피디 때, 실장님 도움을 엄청 받았었는데."

"저도 마찬가지였습니다."

김정우가 S&H의 팀장으로 걸즈파워 1기를 살리기 위해 고군분투를 했을 무렵, 손을 내밀어준 피디가 바로 신입 피디 마소진이었다.

"벌써 오래전 일이네요. 하아. 저도 시집은 가야 하는데… 주변에 좋은 분 있으면 소개시켜 주세요, 실장님."

"네. 그러죠. 아, 마침 저기 오네요."

"아이, 출연자들이잖아요!"

마소진 피디가 손사래를 쳤다. 그러고는 놀란 얼굴을 했다.

"이제는 농담도 하실 줄 아세요?"

"어쩌다 보니 그렇게 되었습니다."

"어울림 식구들이 재미있는 분이 많긴 하니까요. 호호."

그사이 어울림 F4가 어색한 발걸음으로 녹화 세트장 안에 들어섰다. 마소진 피디가 서둘러 걸음을 옮겼다.

"대표님! 출연을 결정해 주셔서 감사합니다. 홍콩에서 바로 오시는 거죠? 피곤하시는 않으세요?"

"충분히 자고 왔습니다. 그리고 피디님 첫 예능 프로인데 당연히 저희 어울림에서 도와야죠."

"그렇게 말씀해 주시니까 든든하네요!"

말을 마치곤 마소진 피디가 현우와 F4들을 아래위로 살펴보았다. 그러고는 얼굴 가득 웃음꽃이 피었다. 평균 신장 180㎝가 훌쩍 넘는 훈남들이 오늘 풀 세팅을 하고 나타났다.

"F4가 맞긴 하네요. 오늘 다들 너무 멋있으세요."

마소진 피디뿐만 아니라 작가들도 그들을 보며 만족스러워했다. 준연예인에 버금갈 정도로 비주얼이 훌륭했다.

정작 당사자들은 어색해서 죽을 맛이었다.

*     *     *

마이크를 착용하자, 모든 준비가 끝이 났다. MBS 예능국에서도 이번 마소진 피디의 설 연휴 특집 프로에 큰 기대를 걸고 있었다. 그래서인지 녹화 세트도 신경을 쓴 티가 역력했다. 잠시 후, 콜 사인이 떨어졌다.

"후우. 가자."

세트 뒤편에서 대기 중이던 현우가 먼저 세트로 들어갔다. 방청객들의 뜨거운 박수와 환호가 쏟아졌다.

"김현우, 멋있다!"

"대표님! 오늘 완전 간지!"

방청객들도 특별히 어울림의 팬인 울림이들을 섭외한 마소진 피디였다. 현우가 팬들에게 손을 흔들며 걸음을 옮겼다. 뒤이어 손태명과 최영진, 고석훈도 나타났고, 세트장이 떠나갈 정도로 환호성은 점점 커져만 갔다.

그러던 중 현우의 얼굴이 굳어버렸다.

방청객 옆에 연예인 방청객들이 앉아 있었는데, i2i 멤버들은 물론이고 드림걸즈 멤버들, 그리고 어울림의 1호 배우 서유희까지 보였다.

　'하아… 깜빡 속았구나.'

　새벽부터 어울림 식구들이 뷰티숍에 우르르 몰려와 있었던 까닭을 이제야 깨달은 현우였다.

　'이다연!'

　현우가 엘시를 슥 노려보았다. 엘시가 킥킥 웃더니 뒤쪽을 가리켰다.

　"헉!"

　순간 현우의 눈동자가 더없이 커져 버렸다. 손태명은 안경에 문제가 생겼나 당황한 얼굴로 안경까지 벗었다. 최영진은 들고 있던 생수병을 그대로 다시 내려놓았다. 고석훈은 다시 세트 뒤편으로 가려다가 작가들에 의해 제자리로 돌아왔다.

　"와아아!"

　"이거 진짜야? 와~ 대박!"

　방청객으로 초대를 받은 팬들도 난리가 났다.

　그랬다. 그녀가, 송지유가 나타난 것이었다.


　　　　　*　　　　*　　　　*

'두근두근 썸남썸녀!'의 아나운서 대기실. MBS 신입 여자 아나운서들이 긴장감을 숨기지 못하고 있었다. 이번 설 연휴 특집 프로는 신입 아나운서들인 그녀에게는 여러모로 엄청난 기회였다.

어울림 엔터테인먼트는 국민 기획사라 불리며 엄청난 사랑을 받고 있었다.

김현우 대표는 서른도 안 된 젊은 나이에 성공 가도를 달리고 있었고, 요 근래 대한민국 2, 30대 여성들에게 가장 인기가 많은 유명인사 중 한 명이었다. 또한 손태명 실장을 비롯한 최영진 팀장과, 고석훈 팀장의 인기도 하늘을 찌르고 있었다.

[언니들! 특급 소식! ㅠㅠ 방송국에서 일하는 친구한테 들었는데, 오늘 어울림 F4 소개팅 녹화한대! ㅠㅠ

―두준 두준!

―드디어!

―설렌다! ㅠ_ㅠ

―방청 신청 끝났어? ㅠ

―응. 이미 오래 전에? ㅎㅎㅎㅎㅎㅎㅎㅎ

설 연휴 특집 편성 소식에 벌써부터 여성 커뮤니티가 들썩이고 있는 실정이었다. 반은 농담 삼아, F4라 부르고 있었지만 냉정하게 현실을 봐도 현실판 F4가 바로 그들이었다.

젊고, 능력도 있었고, 부와 명예, 인기를 모두 거머쥐고 있었다.

어쩌면 그런 이유에서 인지 네 명의 신입 아나운서들 모두 평소와 다르게 풀 세팅 상태였다.

특히 이번 년도 신입 아나운서 중에 비주얼로는 가장 높은 평가를 받고 있는 장윤희 아나운서는 야망에 가득 차 있었다.

'분명 여자 친구가 없다고 했었지?'

벌써 현우와 관련된 신상까지 알아낸 그녀였다. 머릿속으로 장밋빛 미래가 펼쳐졌다. 거대 기획사 대표와의 만남. 부와 명예를 모두 얻을 수 있는 기회였다.

장윤희 아나운서가 동료 신입 아나운서들을 슥 살펴보았다.

한 명은 남자 친구가 있었고, 한 명은 아나운서로서 얼굴을 알릴 기회라고 더 생각을 하는 것 같았다. 문제는 모범생 출신 아나운서 김선영 아나운서였다. 도통 무슨 생각을 하는지 알 수가 없었다.

보통 저런 스타일이 장윤희 아나운서 같은 스타일의 여자들에게는 가장 큰 경계 대상이었다. 착하고 속 깊은 장녀 스타일, 남자들도 본능적으로 착하고 속 깊은 여자들을 알아보기 때문이었다.

'거슬려.'

결국 장윤희 아나운서가 김선영 아나운서에게 말을 걸었다.

"선영 언니."

"응?"

"마음에 드는 사람 있어요?"

조심스레 질문을 던졌다.

"모르겠어. 난 오늘 녹화만 잘 끝났으면 좋겠어. 그런데 윤희 너는 떨리지 않아? 난 죽을 것 같은데. 대본도 하나도 눈에 안 들어와."

"걱정 마세요. 제가 도와 드릴 테니까. 근데, 저는 마음에 드는 분이 있긴 한데……."

김선영 아나운서가 고개를 갸웃거렸다. 궁금하긴 했지만 굳이 물어보고 싶지는 않았다.

"궁금하지 않아요?"

"응?"

"김현우 대표님이 사실 제 이상형이거든요. 언니, 아셨죠?"

"으, 응. 알았어."

장윤희 아나운서는 옆의 동기들도 들으라는 듯 일부러 크게 말을 했다.

'잘만 하면 월급쟁이 생활도 빨리 벗어나겠어.'

벌써부터 김칫국을 마시고 있는 그녀였다.

$$* \qquad * \qquad *$$

"갓 지유! 갓 지유!"

송지유의 등장으로 인해 스튜디오의 열기는 뜨거웠다. 팬들도, 또 스태프들도 한껏 달아오른 상황이었다. 송지유가 누군가? 대한민국에서 가장 인기 있는 탑스타 중에 탑스타였다.

마소진 피디까지 얼굴이 상기되어 있었다. 홍콩에서 영화 촬영 중인 송지유가 자신의 전화 한 통에 바로 한국으로 달려와 주었다. 고맙고, 또 고마웠다. 뭐랄까, 세상을 다 가진 기분이었다.

"선배, 이러다 우리 프로 시청률 10% 넘는 거 아니에요? 국장님이 10% 넘으면 정규 편성 고려해 보겠다고 약속하셨잖아요."

신입 피디가 잔뜩 흥분해 있었다. 마소진 피디가 후배 피디의 어깨를 두드렸다.

"기대해. 10%가 뭐야? 20%도 넘을걸?"

반면, 스튜디오 안은 찬물을 끼얹은 듯 싸늘한 분위기가 감돌았다. 특히 현우는 어안이 벙벙한 상태였다.

'네, 네가 거기서 왜 나와?'

송지유가 엘시 옆에 척 하고 앉아 다리를 꼬고 있었다. 그리고 현우를 향해 태연하게 손까지 흔들었다.

"김현우, 괜찮은 거야? 녹화 잠깐 끊자고 해?"

손태명이 조심스레 물었다.

"아냐. 괜찮아."

현우가 고개를 저었다. 다들 기다리고 있는데, 시간을 지체할 수는 없었다. 그와 동시에 녹화가 시작되었다.

MBS의 간판 인기 아나운서인 박성준 아나운서가 능숙하게 오프닝을 이끌었다.

"자! 벌써부터 세간의 관심이 매우 뜨겁습니다! 그렇습니다! 오늘 저희 '두근두근 썸남썸녀!'에서는 특급 게스트들을 섭외했습니다. 자! 바로 국민 기획사 어울림 엔터테인먼트의 훈남 4인방입니다! 정식으로 소개하겠습니다! 어울림 F4!"

박성준 아나운서가 목청이 터져라 소개를 했다. 그리고 먼저 현우를 가리키며 다시 말을 이어갔다.

"대한민국에서 모르는 분은 아마 없을 겁니다! 어울림 엔터테인먼트의 수장이죠! 김현우 대표님이십니다!"

현우가 미소와 함께 카메라를 보며 인사를 했다. 방청석 쪽에서 뜨거운 환호가 쏟아졌다.

"김현우 대표님은 얼마 전 실시한 설문 조사에서 존경하는 기업인 1위에 뽑혔으며, 10대, 20대, 30대 여성층에서 결혼하고 싶은 남자 1위로 뽑히셨습니다! 최근에는 자선 콘서트에서 수준급의 기타 연주 솜씨와 가창력을 보여주시기도 하셨죠!"

소개가 끝나자 i2i 멤버들이 밤새 만들어 온 플래카드들을 높이 들었다.


[뒤지기 싫으면 다 나가 있어! 강한 남자 김태식!]
[내 안에 너 있다! 국민 훈남 김현우 파이팅!]
[오늘 밤 주인공은 나야 나! 나야 나! 김현우!]


특히 엘시가 압권이었다. 커다란 플래카드를 유나와 함께 들고 있었다.


[꽃보다 현우! 김현우! ─ 김현우 부인 엘시 외 일동]


카메라가 자신들을 비추자 i2i 멤버들과 드림걸즈 멤버들이 앞다투어 플래카드를 흔들어댔다. 다들 뭐가 그리 신이 나는지 얼굴 가득 함박웃음을 머금고 있었다.

'미치겠네.'

부끄러움에 현우의 얼굴이 벌게졌다. 대체 어디에 눈을 둬야 할지 민망 그 자체였다.

"김현우, 꼴좋다."

손태명이 현우를 보며 하하 웃기 시작했다.

"이제 네 차례야. 웃지 마."

현우가 피식 웃었다. 손태명은 설마했다.

박성준 아나운서가 이번에는 손태명을 가리켰다.

"어울림 엔터테인먼트의 2인자시죠. 손 부인으로도 유명하지만, 부드러운 미소와 외모를 자랑하는 크림 같은 남자이기도 합니다! 안경이 누구보다도 잘 어울리는 남자! 바로! 손태명 실장님이십니다!"

소개에 이어 정말로 현우의 말이 사실이 되어버렸다. 갑자기 등장한 플래카드에 손태명이 입을 크게 벌렸다.

[지후 선배? 아니! 태명 선배!]

[흰 천과 바람만 있으면 난 어디든 갈 수 있어. by 태명 선배]

[살인 미소! 살인 미수! 태명 선배!]

[커피 세 숟갈, 설탕 두 숟갈 그리고 태명 선배 한 숟갈!]

손태명도 고개를 떨궜다. 카메라 감독들은 진풍경에 기가 났다.

그리고 드디어 최영진 차례가 다가왔다.

"i2i의 전담 매니저이자, 얼마 전에 팀장 직급을 맡으신 키다리 훈남 최영진 팀장님이십니다! 모델 같은 훤칠한 외모로 20대 여성들에게 큰 인기를 끌고 있는 분이시죠?"

최영진은 불안했다. 오늘 아침 그동안 숨겨왔던 비밀을 현우가 폭로했기 때문이었다.

"아, 안 돼. 제발!"

최영진의 바람과 달리 배하나가 높이 플래카드 하나를 들었다.


[우리 모쏠 최영진 팀장님 좀 데려가실 분!?]

[도화지 같이 깨끗한 국! 민! 총! 각! 최영진! 파이팅!]

[저희 팀장님의 첫 번째 애인이 되어주세요! ― i2i 멤버 일동]


"아아~ 얘들아! 그건 아니잖아."

최영진이 휘청거렸다. 온 국민 앞에서 모태 솔로 인증을 한 셈이었다.

그리고 고석훈의 차례가 다가왔다.

"마지막으로 어울림 엔터테인먼트의 키다리 아저씨!, 차가운 도시 남자! 고석훈 팀장님이십니다! 차가운 매력으로 많은 여성 팬분들에게 사랑을 받고 있습니다! 개인적으로 저희 집 사람도 고석훈 팀장님의 팬이라고 합니다!"

소개가 끝남과 동시에 i2i 멤버들과 드림걸즈 멤버들이 또 앞다투어 플래카드를 흔들었다.

[내 거 하자! 마성의 얼음 훈남 고석훈!]
[그의 눈동자에 내 심장은 얼어붙었다!]
[내 여자에게만은 따듯하겠지? 차가운 도시 남자]

고석훈의 무표정에도 균열이 갔다.

*　　　　*　　　　*

오프닝 녹화가 끝나고, 휴식 시간이 주어졌다. 대기실로 들
어온 현우와 F4 일동은 가장 먼저 엘시부터 찾았다.

"이다연! 이다연 어디 갔어!"

현우가 눈에 불을 켜고 엘시를 찾았다. F4들도 상황은 다르
지 않았다. 다들 벼르고 있었다.

"얘들아! 도망쳐!"

엘시가 i2i 멤버들을 방패막이로 삼아 부산을 떨어댔다. 그
러다 현우와 눈이 마주쳤다.

"미안해요. 오빠들한테 좋은 추억을 만들어주고 싶었어요.
덤으로 여자 친구도 생기면 더 좋은 거잖아요."

"선배님 말이 맞아요!"

"찬성! 찬성!"

본심은 따로 있었지만 엘시가 그럴 듯한 변명을 했다. 배하나와 이지수도 엘시를 철통같이 가로막고 있었다.

대기실 바닥에 가지런히 놓여 있는 플래카드가 보여, 현우는 그냥 피식 웃고 말았다. 밤새 플래카드를 만들었을 생각을 하니 화가 저절로 풀렸다.

"저런 것들은 또 언제 준비했어?"

현우가 누그러지자 i2i와 드림걸즈 멤버들이 경계를 풀었다. 하지만 나머지 F4들은 아니었다. 손태명이 바닥에 세워져 있는 플래카드를 주워 들었다.

"커피 세 숟갈, 설탕 두 숟갈 그리고 태명 선배 한 숟갈? 한 숟갈?! 이거 만든 사람 누구야?"

생전 목소리 한번 높여본 적이 없던 손태명이었다.

"죄, 죄송해요. 실장님."

이솔이 고개를 푹 숙이고 사과를 해왔다.

"…어, 어?"

손태명이 당황해했다. i2i 멤버 중에서 가장 믿는 멤버 세 명 중에 한 명이 바로 이솔이었다. 내심 배하나나 이지수를 생각하고 있던 손태명은 도저히 믿기지가 않았다.

"소, 솔이가 그랬어?"

"죄송해요……."

"어……? 아니야. 자, 잘 만들었다. 잘했다."

"화 풀리신 거죠?"

i2i 멤버들 중 맏언니인 유은이 조심스레 물었다.

"그래그래. 다들 웃자고 한 거니까… 뭐."

"그거 사실 내가 만들었는데."

이지수가 샐쭉한 표정으로 말했다. 혼이 날까 신임을 듬뿍 받고 있는 이솔을 방패막이로 내세운 것이었다. 그런데 왠지 서운했다. 그래서 그만 진실을 실토하고 말았다.

손태명의 눈동자가 살짝 흔들렸다.

"지수야."

"네. 화 풀리셨죠?"

"아니. 넌, 나에게 모욕감을 줬어. 그리고 지연아?"

"네, 실장님."

유지연이 바로 응징을 가하기 시작했다.

"이 프락치야!"

"뭐래! 이리 와! 이지수!"

이지수는 이리저리 도망을 다녔다. 그야말로 난장판이었다.

현우는 차라리 이런 상황이 계속되기를 바랐다. 송지유가 대기실 한쪽에 말없이 앉아 있었기 때문이었다. 유독 그쪽만 냉기가 서려 있는 것 같았다.

의상도 혼자 유독 튀었다. 새하얀 블라우스에 새카만 H라인 스커트에 새빨간 하이힐. 포스가 보통이 아니었다.

그러다 그만 송지유와 시선이 마주쳤다. 새카만 진주 같은 눈동자는 어떨 때 보면 은근히 무섭기도 했다. 현우는 자기도 모르게 자석처럼 이끌려 송지유에게로 다가갔다.

"수고했어요."

송지유가 먼저 말을 건넸다. 현우가 머리를 긁적였다.

"미리 말도 없이 여긴 왜 온 거야?"

"감독님이 며칠 휴가를 주셨어요. 할머니랑 유라도 볼 겸, 겸사겸사해서."

"하긴 구정 연휴긴 하지."

현우가 고개를 끄덕였다. 그러다 신지혜 생각이 떠올랐다.

"그럼 지혜는?"

"신현우 선배님이 공항에 마중 나오셔서 집으로 갔을 거예요."

"그래?"

어색한 침묵이 감돌았다. 예능 프로긴 했지만 현우는 미안했고, 송지유도 내심 현우가 부담이 될까 신경이 쓰였다.

현우가 조용히 핸드폰을 꺼내 송지유를 그 안에 담았다.

"뭐 해요?"

"예뻐서 찍어두게. 개인 소장 하려고."

현우의 한마디에 송지유가 활짝 웃었다.

"그런 예쁜 말들은 다 어디서 배웠어요?"

"그냥 본능적으로 나오는 거지."

현우가 씩 웃었다. 송지유도 웃었다. 다행히도 분위기가 좋아졌다. 현우가 넌지시 물었다. 한 가지 걱정이 되는 게 있었다.

마소진 피디와 작가들에게 들었는데, 어울림 소속 아티스트들이 괜히 섭외가 된 것이 아니었다. 어울림 F4를 누구보다 잘 아는 식구들이었다.

마소진 피디는 송지유를 비롯한 어울림 식구들을 '연예인 판정단'으로 섭외를 한 것이었다. 현우는 내심 송지유가 걱정이었다.

시상식 등에서 이미 전적이 화려했기 때문이었다. 송지유가 돌발 행동을 할 때마다 '국민 남매'라는 수식어가 위기를 모면하게 해주었지만, 그럴 때마다 가슴이 철렁한 적이 한두 번이 아니었다.

"지유야. 잘할 수 있지?"

많은 의미가 내포되어 있는 말이었다.

"네. 잘할 수 있으니까 걱정 말고 편하게 녹화해요."

"오케이."

현우는 이제야 안심이 되었다.

*　　　*　　　*

"신현우다! 신지혜도 있다!"

대형 마트는 스타 부녀의 등장으로 인해 한바탕 난리가 났다. 다행이 이른 아침 시간대라 사람이 그리 많지는 않았지만 신현우와 신지혜를 알아본 사람들이 핸드폰을 사진을 찍기 시작했다.

간간히 사인 요청도 밀려들어 왔다. 사인을 받으며 사람들은 신현우 부녀의 우월한 비주얼에 감탄 또 감탄을 했다.

"현우 삼촌 잘하고 있겠지, 아빠?"

"우리 지혜가 걱정이 되는구나?"

"응. 지유 언니가 방송국으로 갔어… 에휴."

삼촌 걱정을 하는 모습이 대견스러워 신현우가 딸아이의 머리를 쓰다듬었다.

"지유가 잘할 거다, 지혜야."

"그럴까? 나는 좋은 시누이는 못 될 거 같아."

"하하, 그래?"

또래에 비해 점점 조숙해지는 딸아이가 신현우는 그저 귀여웠다. 함께 카트를 끌다 신지혜가 갑자기 걸음을 멈추었다.

"아빠, 근데 지선이는?"

신현우가 잠시 멈칫하다 입을 열었다.

"작가 선생님이 와 계셔."

"이진이 작가님? 진짜?"

"응. 그렇게 됐어."

"아빠! 대박! 나는 이진이 작가님 너무 좋아. 지선이는 더 좋아해. 병원에 입원해 있을 때 매일 오셨잖아."

"……."

신현우가 말없이 딸아이를 내려다보았다.

어린 나이부터 엄마 없이 자란 딸들이었다. 늘 미안하고 죄스러운 마음을 가지고 있었다. 그래서 이진이 작가라는 존재가 신현우에게는 조심스러웠다. 솔직히 말을 하자면 신현우는 여자를 믿지 않았다. 그런데 묘하게 딸아이들이 젊은 여자 작가를 따랐다.

"아빠."

"……."

"난 아빠가 이진이 작가님 같은 분이랑 결혼하는 거 찬성이야. 따듯하고 좋은 사람이잖아. 그리고 그 정도면 아빠랑 잘 어울리는 것 같아."

"……."

"또 혼자서 산다고 말하려고 그러는 거지?"

"……."

"나랑 지선이는 결혼할 거니까, 아빠도 얼른 좋은 엄마 만

나. 나중에 외롭다고 울지 말고."

신현우가 쓴웃음을 머금었다.

"시장이나 보자, 딸."

"말 돌리는 건 진짜 잘해."

신지혜가 툴툴거렸다. 코코넛 톡! 느닷없이 이른 아침부터 코코넛 톡이 울렸다. 신지혜가 서둘러 핸드폰을 꺼내 단체 코코넛 톡을 확인했다.

[신지혜: 오징어 오빠들! 나 휴가 받아서 한국 옴! ^^v]

[신지혜: 뭐야? 내가 톡 보낸 지 1분이나 지났는데 답장 없네?]

[승호: 아, 꼬맹이 한국 왔냐? 오빠 아침 운동 좀 하느라고.]

[신지혜: 무슨 운동?]

[승호: 그냥 한 손으로 팔굽혀펴기 100개 정도 했지ㅋㅋ 오빠 ×나 강함!]

[더블 J: 나는 아침에 전속력으로 1시간 정도 뛰었더니 강남에서 김포까지 다녀옴. ㄹㅇ 개 빠름 ㅋㅋ]

[휘: ㅉㅉ; 난 오늘 등산 갔다가 심심해서 나무 주먹으로 쳤는데, 나무에 구멍 남. 이 정도면 나 ×나 강한 거임?]

[신지혜: 전부 답 없다 진짜;]

[승호: 아니, 난 진짜라니까? 저 자식들은 전부 거짓말이고; 나 진짜야. 진짜 한 손으로 100개 한다고!]

[더블 J: ㅇㅇ승호 거짓말 안 함. 나도 집에 올 때 샤워하기 귀찮아서 한

강에서 수영하고 옴. 개 시원]

　[휘: ㅋㅋㅋㅋㅋ 그래, 다 같이 죽자!]

　[승호: 야! 이 미친놈들아! 그만해!]

　[투 킬: 하아; 형들, 제발 좀요.]

　[신지혜: __ ^ㄱ]

　[신지혜 님이 채팅방을 나갔습니다.]

　[승호 님이 신지혜님을 채팅방으로 초대했습니다.]

　[승호: 야! 꼬맹이 선물은?]

　[휘: 주겠냐? ㅋㅋ]

　[더블 J: 꼬마! 코코넛 톡 씹지 마라! 우리 팬 카페에 공개한다? 100만
갓 보이스 팬들한테 털리고 싶어?]

　[투 킬: 형; 이거 코코넛 톡 올리면 우리가 죽어요. 제발 생각 좀 ㅜㅜ]

　[휘: ㅋㅋㅋㅋㅋ 아침부터 진짜 버라이어티하다.]


"진짜 유치해."

코코넛 톡을 하던 신지혜가 얼굴을 잔뜩 찌푸렸다. 식료품
을 담던 신현우가 딸의 얼굴을 확인했다.

"왜 그래, 지혜야?"

"아빠. 내가 친구들이 있거든? 남자 친구들."

"그래?"

"근데 자꾸 코코넛 톡으로 말도 안 되는 헛소리만 해. 왜

그래?"

"음. 지혜가 좋은가 보다. 막 장난도 치고 괴롭히고 그러니?"

"응. 그러는 것 같아."

"우리 지혜가 인기기 좋네."

"모르겠어. 그냥 상대하지 말아야지. 시장 보자, 아빠. 지선이가 기다려."

"그럴까?"

두 부녀가 본격적으로 시장을 보기 시작했다. 계속해서 코코넛 톡이 울려댔지만, 신지혜는 눈 하나 깜짝 하지 않았다.

*　　　　*　　　　*

잠시 동안의 휴식 시간이 끝나고, 다시 녹화가 시작되었다. 이번에는 '두근두근 썸남썸녀!' 특집 프로의 여성 게스트를 소개할 차례였다. 스튜디오 안보다 어째 스튜디오 밖에 더 긴장감이 감돌고 있었다.

방청객들도 그랬고, i2i 멤버들이나 드림걸즈 멤버들도 잔뜩 긴장을 머금고 있었다. 엘시는 무표정한 송지유를 흥미로운 눈빛으로 쳐다보고 있었다. 서유희는 그런 엘시를 보며 조용히 웃고만 있을 뿐이었다.

박성준 아나운서가 큐시트를 높이 들며 스튜디오 통로를 가리켰다.

"자! 그럼 이제 어쩌면 어울림 F4 여러분들과 좋은 인연을 쌓을 수도 있는! MBS의 신입 아나운서들을 소개하겠습니다! 뜨거운 박수로 맞아주시길 바랍니다! 201×년도 신입 아나운서입니다! 역대급 최강 비주얼 아나운서로 인기가 높은 장윤희 아나운서입니다!"

열띤 환호와 함께 박수가 쏟아졌다. 장윤희 아나운서가 하이힐 소리와 함께 스튜디오로 걸어 나왔다. 뒤이어 박성준 아나운서가 또 마이크를 들었다.

"장윤희 아나운서에 이어 김선영 아나운서입니다! 김선영 아나운서는 역대 MBS 아나운서 역사상 만점에 가까운 점수를 기록한 인재 중의 인재입니다! 제가 특별히 아끼는 후배이기도 합니다! 김선영 아나운서?"

살짝 손을 흔들며 김선영 아나운서가 걸어 나왔다. 뒤이어 다른 두 아나운서들도 차례로 소개를 받으며 스튜디오 안으로 자리를 잡았다.

네 명의 아나운서들이 자리를 잡자, 방청객들은 물론이고, 어울림 식구들이 매서운 눈빛으로 그녀들을 관찰하기 시작했다.

현우와 함께 1번이라는 번호를 달고 있는 장윤희 아나운서는 오늘 작정을 한 것 같았다. 아나운서치고는 다소 선정적인 옷차림이었다.

현우나 다른 매니저들 역시 어디다 눈을 둬야 할지를 몰라 상당히 곤란한 상태였다. 반면 2번 김선영 아나운서는 단아한 느낌이 물씬 풍겼다. 3번과 4번 번호를 달고 나온 아나운서들도 1번 장윤희 아나운서에 비하면 양반이었다.

엘시가 한참 동안 아나운서들을 살펴보다 송지유의 허벅지를 콕콕 찔렀다. 송지유가 고개를 돌렸다.

"지유야, 아나운서들 어떤 것 같아? 일단 1번은 별로인 것 같아. 내 촉이 말을 해주고 있어. 유나야, 그렇지 않아?"

"네? 그, 그런 것 같아요. 헤헤."

"유나가 뭘 알겠어. 괜히 초치지 말고 조용히 해, 이다연."

크리스틴이 쉿, 조용히 하라며 주의를 줬다. 하지만 엘시는 여전히 송지유를 바라보고 있었다.

"송지유 씨? 대답 안 하세요?"

"뭐 두고 봐야죠. 겉모습만 보고 어떻게 판단을 해요?"

"안 낚이네."

"네?"

"아니야. 못 들었으면 됐어."

엘시가 한쪽 입꼬리를 올렸다. 그러다 1번 장윤희 아나운서를 다시 자세히 살펴보았다. 여자들만이 느낄 수 있는 그런

촉이 강하게 느껴졌다.

"저분은 현우 오빠만 뚫어져라 쳐다보고 있네. 너무 노골적이야."

"그러니까요."

송지유도 고개를 끄덕였다.

"3번 아나운서 언니는 지금 뭐 하는 거예요? 와, 끼 부리는 거 봐, 진짜?"

"4번 아나운서 언니 치마 좀 봐. 우리 무대의상보다 짧다니까?"

배하나를 시작으로 이지수까지 잔뜩 불만을 머금었다.

"기분 나빠."

서아라가 툭 말을 내뱉었다.

"중국이나 갈 걸 그랬어."

순한 양시시도 팔짱을 꼈다.

"시시 언니 따라 중국이나 놀러갈걸."

막내 전유지도 표정이 좋지 않았다.

다른 i2i 멤버들도 뭔가 기분이 묘했다. 처음에는 그저 재미있겠다고 생각했던 예능 프로였다. 그런데 막상 스튜디오에서 핑크빛 그림이 그려지자 영 이상한 감정이 들었다.

'뭐지?'

한편, 현우는 방청객 쪽을 바라보며 내심 불안한 생각이 들었다. 어울림 식구들이 다들 매서워져 있었다. 입매는 웃고 있었지만 눈동자는 그렇지 않았다.

"태명아."

"어?"

"쟤네 좀 이상하지 않아?"

손태명이 슬쩍 방청객 쪽을 살폈다. 방청객들은 눈치채지 못하고 있었지만, 정말 분위기가 묘했다. 서유희가 식구들을 다독이며 당황해하는 것이 한눈에 보였다.

"에이, 설마."

손태명이 애써 불안함을 눌렀다. 그리고 본격적으로 녹화가 시작되었다.

＊　　　　＊　　　　＊

"자! 그럼 오늘 '두근두근 썸남썸녀'의 구체적인 소개팅 과정을 소개해 드리겠습니다! 보시죠!"

스튜디오 중앙으로 영상들이 떠올랐다.

"보시는 대로 단 1분 동안만 자기소개, 즉 상대방에게 어필을 할 수가 있습니다! 1분이 넘으면 오디오는 바로 꺼질 겁니다! 그럼 먼저 구애하는 입장인 우리 어울림 F4의 자기소개부터 들어보겠습니다!"

방청객들이 와아아! 환호를 보냈다.

"어울림 엔터테인먼트의 대표시죠. 국민 청년 기호 1번! 김현우 대표님이십니다! 자! 시작!"

박성준 대표가 손으로 현우를 가리켰다. 현우가 담담히 입을 열었다.

"안녕하세요? 시청자 여러분, 그리고 아름다우신 아나운서 여러분. 어울림 엔터테인먼트의 김현우입니다. 먼저 새해 인사를 드리겠습니다. 새해 복 많이 받으세요. 음… 자기소개라, 대학교 MT 이후로 자기소개는 처음이라 조금 어색하네요. 그럼 정식으로 제 소개를 하겠습니다. 김현우입니다. 올해 27살입니다."

방청객에서 오오! 방청객들이 탄성을 질렀다. 국민 기획사를 일궈낸 대표가 고작 27살밖에 되지 않았다. 새삼 놀라웠다.

"회사를 운영하느라 조금 늙어 보이기는 하죠? 다들 너무 놀라시는데요?"

현우가 하하 웃었다. 여기저기서 잘생겼다, 멋있다 등의 환호성이 쏟아졌다. 현우가 기분 좋은 미소를 머금었다.

"사실 크게 제 소개를 할 만한 것이 없습니다. 취미는 역시 일이고, 맥주를 좋아합니다. 소주에 삼겹살도 좋아하죠. 사실 너무 바빠서 취미를 만들 시간도 없습니다. 아쉬운 일이죠.

작은 바람이 있다면 먼 훗날 사랑하는 사람과 한적한 곳에서 여생을 보내고 싶습니다. 물론 그 전까지는 죽도록 일을 해야 겠죠."

현우가 송지유를 살짝 쳐다보며 말했다. 송지유의 눈동자 안에 따듯함이 어렸다.

"아, 시간이 다 되어가는데요? 저는 여기까지 하겠습니다. 감사합니다."

정확하게 1분에 맞춰 현우가 자기소개를 끝냈다. 방청객들이 다시 뜨거운 환호를 터뜨렸다. 어울림 식구들은 경쟁적으로 플래카드들을 흔들어댔다.

현우가 멋쩍어하는 사이 여자 1번 장윤희 아나운서의 차례가 다가왔다. 또각또각, 장윤희 아나운서가 자리를 벗어나 스튜디오 무대 중앙에 섰다.

"예쁘다!"

아무것도 모르는 순진한 방청객들이 박수를 쳤다. 장윤희 아나운서가 늘씬한 각선미를 자랑하듯 방청석과 어울림 F4 쪽을 향해 상체를 숙여 인사를 했다.

"어, 음~ 지금 엄청 떨려요. 잠시만 호흡 좀 가다듬겠습니다! 죄송해요~"

장윤희 아나운서가 현우 쪽을 바라보며 눈웃음을 쳤다. 그러다 살짝 삐끗 넘어질 것 같은 상황을 연출했다. 방청객들도 웃음을 터뜨리며 호감 섞인 시선들을 보내기 시작했다.

"뭐야? 지금?"

엘시의 눈동자가 흔들렸다. 크리스틴도 이번에는 엘시를 제지하지 않았다. 송지유는 살짝 웃기만 했다.

"정식으로 소개를 하겠습니다. 201×년도 MBS 신입 아나운서 장윤희입니다. 사실 소개팅은 한 번도 해본 적이 없어서 많이 떨립니다. 또 오늘 하필 첫 소개팅 상대가 너무 인기가 많으신 분들이라 더 떨립니다."

장윤희 아나운서가 현우 쪽을 두 손으로 가리키며 또 눈웃음을 쳤다. 방청객들이 힘을 내라며 박수를 쳐주었다. 아무것도 모르는 현우도 살짝 박수를 쳐주었다.

"방금 봤어요? 시작부터 은근히 우리 대표님 찍어놓고 있는 거잖아요."

연희도 어이가 없었다.

자연스럽게 아주 자연스럽게 초반부터 자기 쪽으로 흐름을 끌어가고 있었다. 이렇게 된 이상 방청객들도, 또 나중에 TV를 통해 이 방송을 시청할 시청자들도 장윤희 아나운서의 흐름대로 이끌려 갈 것이 분명했다. 무의식적으로 장윤희 아나운서와 현우와의 관계에 더 집중을 할 것이다.

"사실 대학교 다닐 때 MT를 한 번 가보긴 했는데, 제가 너무 어려서 큰 추억은 없거든요. 제대로 된 소개팅을 처음으로

하게 되는 것 같아 기쁩니다. 23살 장윤희였습니다! 감사합니다!"

방청객 쪽에서는 큰 박수가 쏟아졌지만, 연예인 판정단 쪽에서는 박수 소리가 그리 크지 않았다.

"어디서 불여우 같은 게."

엘시가 코웃음을 쳤다. 송지유는 여전히 표정이 없었다. 그렇게 어울림 F4는 모르는 여자들만의 전쟁이 펼쳐지려 하고 있었다.


＊　　　＊　　　＊


남자 기호 1번이었던 현우와 여자 기호 1번이었던 장윤희 아나운서의 자기소개가 끝이 났다.

뒤이어 손태명의 차례가 다가왔다. 손태명이 습관적으로 안경을 고쳐 쓰자 방청객에서 엄청난 환호성이 쏟아졌다. 손태명 본인도 어리둥절할 정도였다.

"태명 선배! 결혼해 주세요!"

"살인 미소! 손태명!"

김은정의 특별 관리로 통해 손태명은 근래 제2의 욘사마로 불리고 있었다. 부드러운 인상에 안경이 정말로 욘사마를 연상케 했다. 그리고 김태식이라 불리는 현우를 늘 뒤에서 묵묵히 지원하는 평소의 이미지 덕분에 인기는 더욱 높았다.

"어울림 엔터테인먼트 매니지먼트 A팀의 실장 손태명입니다."

부드러운 목소리에 여성들이 꺅 비명을 질러댔다.

"먼저 방청객 여러분들과 시청자 여러분들에게 저희 어울림을 사랑해 주셔서 감사하다는 말씀을 드리고 싶습니다. 그리고 우리 김현우 대표. 저의 절친한 친구이기도 합니다. 이 자리를 빌어서 현우에게 한마디 하고 싶습니다. 현우야, 고맙다. 네가 있어서 나나 우리 어울림 식구들 모두 꿈을 이룰 수 있었던 같다. 지금처럼만 하자. 늘 내가 네 뒤에서 도울 테니까. 넌 하고 싶은 거 다 해라."

절친 손태명의 뜬금없는 고백이었다.

"역시 손 부인이네. 지유야, 네 가장 연적은 사실 태명 실장님이라니까?"

엘시가 귓속말을 속삭였다. 송지유도 고개를 끄덕이며 동감했다. 홍콩에서도 하루에 보통 열 통이 넘는 전화를 했다.

그리고 방청객들은 난리가 났다. 원래 현우와 손태명 사이의 브로맨스는 대중들 사이에서도 유명했다. 일부 여초 커뮤니티에는 이상야릇한 짤들까지 돌아다닐 정도였다.

"하하! 정말 보기 좋습니다! 시청자 여러분들도 다 아시겠지만, 김현우 대표님과 손태명 실장님은 같은 대학 동문 출신으로서 대학교 생활 내내 단짝이었다고 하죠! 자! 그럼 김현우 대표님도 한마디 하시죠!"

박성준 아나운서가 더욱 분위기를 끌어 올렸다. 얼떨결에 카메라가 현우를 다시 비추었다. 우정에 젖은 현우가 손태명을 바라보며 입을 열었다.

"그동안 수고했다, 태명아. 앞으로 쭉 같이 가자. 사랑한다."

말을 내뱉고도 현우는 아차 싶었다.

'또 인터넷에 짤들 돌아다니겠구나. 하아.'

벌써부터 어느 정도 예상이 갔다. 둘 사이를 어떻게든 엮어 보려는 소수 취향을 가진 어둠의 여성 팬들이 일부 존재했다. 그들에게 보기 좋게 떡밥을 제공하고 말았다. 이제 또 어둠의 팬픽들이 대거 양산될 것이 분명했다.

"꺅! 사랑한대!"

"이 달달함 뭐야?"

"설렌다!"

대부분의 방청객들도 여성이었다. 방청객들이 발을 동동 구르며 좋아했다.

갑자기 스튜디오 분위기가 이상하게 흘러갔다.

"서, 선배? 이거 방송 나가도 되는 거예요? 부, 분위기가, 브로맨스치고는 좀."

신입 피디가 난감해했다. 내심 김현우 대표와 장윤희 아나운서 사이에 핑크빛 기류에 주목을 하고 있었는데, 방향이 엉뚱하게 틀어지고 있었다.

"아냐, 그냥 둬."

반면 마소진 피디는 더없이 흡족했다. 방송 초반부터 시청자들이 흥미를 느낄 만한 요소들이 마구마구 생겨나고 있었다.

'역시 어울림 사람들은 존재 자체만으로 재미있는 사람들이야.'

마소진 피디가 눈동자를 빛냈다.

"그대로 녹화 진행해. 어차피 대본도 없었잖아?"

*　　　*　　　*

남자 기호 2번 손태명의 소개가 끝나고, 여자 기호 2번 김선영 아나운서의 차례가 다가왔다. 네 명의 아나운서들 중 가장 아나운서 같은 모습으로 출연을 한 김선영 아나운서였다.

담담한 표정으로 김선영 아나운서가 입술을 떼었다.

"안녕하세요? 시청자 여러분. MBS 201×년도 신입 아나운서 김선영입니다. 설날 연휴를 맞이하여 가정에 행복이 깃드시기를 바랍니다. 새해 복 많이 받으세요. 뉴스 보도는 아니지만 예능 프로도 열심히 하겠습니다. 감사합니다."

김선영 아나운서가 앞섶을 가리며 고개를 숙여 보였다. 자칫 딱딱하게 들릴 수도 있는 아나운서 톤에 표정의 변화도 거의 없는 짤막한 소개였다.

확실히 장윤희 아나운서보다 방청객들의 호응이 약했다. 한편, 연예인 평가단으로 초빙된 어울림 식구들은 김선영 아나운서를 매의 눈으로 관찰하고 있었다.

"이번에는 어떤 것 같아? 평론가 이다연 씨?"

크리스틴이 먼저 물었다. 엘시가 그렇지 하는 표정으로 고개를 끄덕였다.

"저 2번 언니는 괜찮은 사람인 것 같아. 합격. 지유야, 너는?"

"저도 합격이에요."

"나도!"

제시도 동의를 했다. 엘시가 크리스틴을 쳐다보았다.

"수진이 네가 보기에는?"

"합격?"

그랬다. 여자는 여자가 알아보고 남자는 남자가 알아본다는 말이 있었다. 같은 여자가 보기에 꾸밈없고 가식이 없는 김선영 아나운서가 마음에 들었다.

뒤이어 남자 기호 3번 최영진의 순서가 다가왔다. 최영진은 단단히 각오를 다지고 있었다. 첫 오프닝 때의 굴욕을 무조건

만회해야 했다.

"어울림 엔터테인먼트 매니지먼트 A팀의 팀장을 맡고 있는 최영진이라고 합니다. i2i 친구들의 전담 매니저를 맡고 있기도 하죠."

"우리 영진 팀장님 멋있다!"

"진짜 잘생겼다!"

i2i 멤버들이 열띤 응원을 보냈다. 대기실에서 최영진이 간곡하게 부탁을 했기 때문이었다. 그런데 베트남 출신 하잉이 벌떡 자리에서 일어났다.

"바람둥이! 여자 엄청 많은! 최영진, 파이팅! 힘내!"

방청객 쪽이 정적이 감돌았다. 최영진의 얼굴이 굳었다. 방청객 쪽에서 폭소가 터졌다. 한국말이 서툰 하잉만이 왜 그러냐는 듯 큰 눈을 깜빡거리고 있었다.

'그냥 죽을까?'

최영진이 진지하게 마포대교행을 고민하고 있을 때, 방청객들은 배꼽을 부여잡고 있었다.

"주작이었네! 아 웃겨!"

"최영진 팀장님 생긴 거랑 다르게 완전 웃기네!"

"개그맨보다 더 웃긴 거 같아!"

평소 훤칠한 체구에 도시적인 외모를 자랑하던 최영진이었다. 그런데 오늘 얼빵한 평소 성격이 모두 까발려지고 있었다.

"끊고 다시 가면 안 될까요?"

최영진이 조그맣게 말을 했다. 박성준 아나운서가 고개를 저었다.

"절대 안 되죠! 오늘 시작부터 큰 웃음을 주고 계시는 바람둥이 최영진 팀장님에게 격려의 박수를 보내주시기 바랍니다!"

방청객들이 위로의 박수들을 보내어 왔다. 여자 아나운서들도 최영진을 보며 웃고 있었다.

"세상에! 예능의 신이 이곳에 강림했어! 오늘 회식 준비해! 법인 카드로 소고기 쏜다!"

"우오!"

마소진 피디의 선언에 스태프들이 환호성을 질러댔다.

*　　　*　　　*

3번과 4번 신입 아나운서들의 자기소개가 끝이 났고, 잠시 휴식 시간이 주어졌다.

"다들 어디 갔어?"

대기실로 돌아온 현우는 어리둥절해했다.

"화장실 간 거 같은데? 현우야?"

매니저들도 당황스럽긴 마찬가지였다.

대기실에서 어느 아나운서가 괜찮다, 별로다, 잔뜩 수다를 떨며 코칭을 할 줄 예상했는데, 대기실에는 작가 몇 명이 전부였다.

"뭐야? 이번에는 또 무슨 작당인데?"

현우는 계속해서 뒤통수가 싸했다.

녹화 내내 얌전한 고양이 같은 송지유도 신경이 쓰였고, 엘시도 자꾸만 멤버들이랑 속닥거리며 특유의 불량한 표정을 지었다. i2i 멤버들도 무언가 평소와 다르게 날이 서 있었다.

그러다 현우가 최영진을 쳐다보았다. 어울림 F4 중에서 큰 웃음을 준 이가 있었으니 바로 최영진이었다. i2i 멤버들을 동원해 모태 솔로 인증을 부정하려 했지만 오히려 주작임이 들통 나 큰 웃음을 선사했다.

최영진이 대기실 소파에 주저앉아. 머리를 감싸 쥐고 있었다.

"죽자, 죽자, 죽자."

"영진아, 괜찮아. 나름 매력 있었다."

"형님, 전 망했어요. 온 국민이 바보 멍청이로 볼 거 아니에요. 이제 저 장가 못 갑니다. 못 간다고요! 가족들이 방송 출연 한다고 잔뜩 기대를 하고 있는데! 하아. 그냥 마포대교 가겠습니다."

현우가 최영진의 어깨를 다독였다.

＊　　　＊　　　＊

　그사이 여자 화장실에서는 어울림 소속 여자 아티스트들이 모여 있었다. 엘시가 조용히 입을 열었다.

　"기호 1번 장윤희 아나운서 별로인 사람?"

　송지유가 풋 웃었다. 질문이 너무 직설적이었다. 그런데 신기한 일이 벌어졌다. 얼빵한 이솔이나 서유희를 제외하곤 기적같이 모두가 손을 들었다. 오직 송지유와 서유희, 이솔만이 손을 들지 않은 상태였다.

　"지유, 너는 왜 가만히 있어? 국민 남매가 이러면 안 되는 거지!"

　엘시가 허리에 손을 올리며 따졌다. 송지유가 슥, 팔짱을 끼고 도도한 표정을 했다.

　"그런 싸구려한테 현우 오빠가 넘어갈 것 같아요? 현우 오빠를 무시하지 말아요."

　"와아! 국민 남매라 이거지? 지유 진짜 멋있다!"

　유나가 헤헤 웃으며 감탄을 했다.

　"어쨌든 그래서 어떻게 할 거예요?"

　송지유가 물었다.

　"얘들아, 있잖아."

엘시가 계획을 수정했다. 본래 의도는 송지유의 질투심을 유발해 둘 사이의 관계를 순순히 인정하게 만드는 것이었다. 하지만 의의로 송지유는 강적이었다. 현우를 향한 절대적인 믿음이 느껴졌다.

그리고 예상 못 한 변수가 발생했다. 바로 불여우 아나운서 였다.

엘시가 어울림 식구들에게 자신의 계획을 상세히 설명해 나갔다. 그러고는 송지유를 보며 몸을 꼬고 머뭇거렸다.

"그리고 할 말이 더 있어, 지유야."

"뭐예요?"

"그게……."

잠시 망설이던 엘시가 결국 그동안의 흑막을 실토했다. 엘시로부터 그간의 흑막을 들은 송지유가 도도한 표정을 했다.

"내가 모를 줄 알았어요? 언니를 누구보다 잘 아는데? 조금만 방심하면 혹 들어오는데, 내가 누구처럼 바보예요?"

"그러니까 지유가 바보인 줄 알아? 다연 언니?"

유나가 송지유를 거들었다.

"그 바보 네 이야기하는 거야, 유나야."

크리스틴이 쯧쯧, 고개를 저었다.

"몰라. 나는 지유가 좋아!"

유나는 그저 송지유가 좋다며 팔짱까지 꼭 끼고 있었다.

"역시 송지유, 쉽지 않단 말이야."

엘시가 아쉬워했다. 그리고 소개팅 프로가 잡혔다는 말을 들었을 때부터 어느 정도는 눈치를 챘던 송지유였다.

또한 송지유에게는 비밀 프락치가 있었다. 바로 이중 스파이 김은정이었다.

"……."

"……."

송지유가 김은정에게 수고했다며 은밀히 눈짓을 보냈다. 김은정도 엘시 몰래 오케이 사인을 보냈다.

엘시가 송지유의 품으로 안겼다.

"그랬어? 화났어? 응? 응?"

되도 않는 애교에 송지유가 풋 웃었다. 엘시가 이러면 도저히 화를 낼 수가 없었다.

"화 안 났어요. 내가 애도 아니고."

"다행이다! 유나야 보고 배워. 너랑 동갑이잖아. 얼마나 어른스럽니?"

"네! 배울게요! 헤헤."

"그러면 송지유. 너 현우 오빠랑 만나는 거 공식적으로 인정하는 거지?"

엘시를 비롯한 모두의 시선이 송지유에게로 모아졌다. 엘시가 넌지시 떡밥을 던진 것이었다.

송지유는 담담했다. 그리고 천천히 분홍빛 입술을 열었다.

"노코멘트."

"야! 송지유! 진짜 너무해!"

엘시가 씩씩거렸지만 송지유가 먼저 화장실을 걸어 나갔다. 제시가 킥킥 웃었다.

"이다연의 굴욕! 뭐 해? 얘들아, 빨리 사진 찍자!"

여기저기서 핸드폰 세례가 쏟아졌다. 엘시가 부글부글 끓어오르는 속을 달랬다.

"오케이. 천년 먹은 구미호 사냥은 잠시 미루고, 요망한 불여우 사냥 작전을 개시한다."

엘시의 목소리가 어쩐지 서늘했다.


\*　　　　\*　　　　\*


다시 녹화가 시작되었다. 신입 아나운서들에게 각각 3개씩 질문권이 주어졌다. 그리고 모두가 예상했듯 장윤희 아나운서는 현우에게 첫 질문을 던졌다.

"김현우 대표님은 이상형이 따로 있나요?"

장윤희 아나운서의 도발적인 질문에 방청객들이 오오~ 감탄을 터뜨렸다. 장윤희 아나운서가 유난히 수줍어했다.

첫 질문을 받은 현우가 잠시 생각에 잠겼다.

"이상형이라. 음… 굳이 생각을 해본 적은 없습니다. 딱히 이상형이 없거든요."

"아아~"

방청객들도 아쉬워했다. 현우가 피식 웃었다.

"아, 한 가지 생각이 났네요. 뭔가 저에게 힘을 주는 여자를 좋아합니다. 제가 평소에 일이 많다 보니까 정신적으로, 체력적으로 힘들 때가 많거든요. 쉽게 말하면 건강에 관심이 많은 여자?"

"네에? 네."

뜬금없는 대답이었다. 장윤희 아나운서도 애매한 표정으로 고개를 끄덕였다.

'대체 무슨 소리야? 건강에 관심이 많은 여자?'

반면, 송지유는 다리를 꼰 채로 회심의 미소를 짓고 있었다.

"현우 오빠 제법이네?"

엘시는 현우의 센스에 감탄 어린 표정을 하고 있었다.

건강에 관심이 많은 여자. 온갖 해괴한 건강 음료와 음식들을 만들어내는 송지유를 지칭하는 게 분명했다. 그리고 은근히 저 불여우가 당황해하는 모습이 고소했다.

"자! 그럼 우리 장윤희 아나운서는 건강에 관심이 많은 편입니까?"

박성준 아나운서가 진행을 이어나갔다. 장윤희 아나운서가 기다렸다는 듯 입을 열었다.

"그럼요. 아나운서 공채 시험을 준비하면서 저도 정신적으로, 체력적으로 지칠 때가 많았거든요. 한강에서 조깅도 하고, 자전거도 타고 해요. 가끔 운동 마치고 맥주도 한 캔 해요."

방청객들이 오오~ 탄성을 질렀다. 얼핏 보기에는 현우와 장윤희 아나운서가 참 잘 어울리는 것 같이 보였다.

반면, 3명의 아나운서 동기들은 의아했다. 평소 고급 와인이 아니면 맥주는커녕 소주도 쳐다보지도 않는 장윤희 아나운서였다.

"꼬리 제대로 치네."

남에게 별로 관심이 없는 크리스틴도 눈가를 찌푸렸다. 누가 봐도 현우를 노리고 한 말이었다. 그러니까 즉, 한강에서 조깅이나 하고 맥주나 마시자는 말이었다.

"그럼 장윤희 아나운서가 두 번째 질문을 하겠습니다! 장윤희 아나운서?"

"네. 음… 오늘 우리 프로에서 만남으로 이어지면 진지하게 교제를 해보실 생각이 있으신가요?"

돌직구였다. 현우가 피식 웃었다.

"네. 만남이 이루어진다는 전제가 있다면요."

"그렇군요. 그럼 마지막 질문은 최영진 팀장님에게 하겠습니다."

가만히 현우와 장윤희 아나운서를 번갈아보고 있던 최영진이 화들짝 놀랐다.

"네, 네. 질문하시죠."

"정말 모태 솔로세요? 아니면 바람둥이세요? 워낙 멋있으셔서 모태 솔로는 아닐 것 같아서 그래요."

방청객들이 하하 폭소를 터뜨렸다. 최영진이 당황해하다 입을 열었다.

"네. 바쁘게 사느라 여자 친구를 만나볼 기회가 없었습니다."

"그러시구나. 오늘 좋은 인연 만나실 거예요. 힘내세요! 팀장님!"

방청객들이 웃음과 위로를 동시에 하는 장윤희 아나운서에게 더욱 호감을 갖기 시작했지만, 어울림 식구들은 전혀 그렇지 않았다.

첫 번째와 두 번째 질문을 현우에게 던지면서도, 마지막 질문은 엉뚱한 최영진에게 던지는 밀당 스킬을 시전 했다. 그렇게 최영진을 이용해서 분위기를 자신 쪽으로 계속 끌어가고 있었다.

회귀 전이었다면 보통 남자들처럼 장윤희 아나운서에게 호감을 가졌을 것이다. 하지만 지금의 현우는 달랐다. 아끼는 동생인 최영진을 교묘하게 이용했다.

'당돌하고 자기중심적인 여자구나.'

현우의 표정이 그다지 좋지 않았다. 최영진도 벌게진 얼굴로 어쩔 줄을 몰라 하고 있었다.

연예인 판정단으로 출연을 한 i2i 멤버들도 장윤희 아나운서를 쏘아보기 시작했다. 누구보다 자신들을 챙겨주는 사람이 바로 전담 매니저 최영진이었다. i2i 멤버들에게 있어서 최영진은 친오빠나 마찬가지인 존재였다.

"연장들 챙겼지?"

배하나가 이를 갈며 멤버들에게 확인했다.

신입 아나운서들의 질문 타임이 끝나고 본격적으로 녹화가 들어갔다. 이번에는 프리 토크 타임이었다. 프리 토크 타임은 어울림 F4의 멤버 한 명과 신입 아나운서가 일대일 소개팅을 진행한다. 그리고 소개팅이 끝나면 연예인 판정단이 방청객과 함께 각각 두 남녀를 OX로 평가를 내리는 그런 코너였다.

박성준 아나운서가 스튜디오의 중앙에 설치된 동그란 플라스틱 통으로 손을 집어넣었다.

"자! 그럼 첫 번째 공을 뽑아보겠습니다! 먼저 첫 번째 공은 기호 3번 최영진 팀장님이십니다! 그리고 기호 2번 김선영 아나운서!"

최영진이 화들짝 놀랐다. 녹화 내내 김선영 아나운서는 정

말이지 아나운서 그 자체였다. 어떻게 보면 아나운서 특유의
딱딱함이 무섭게 느껴질 정도였다.

"하, 하필. 저분이."

최영진이 잔뜩 얼어붙었다. 옆에 서 있던 손태명이 어깨를
다독였다.

"잘하고 와라. 괜찮은 분 같던데."

"영진아. 넌 할 수 있어. 오늘 새벽에 다연이가 팁까지 줬잖
아. 기억나지?"

현우도 최영진을 응원했다. 최영진의 표정이 갑자기 밝아졌
다. 그리고 보니 새벽에 밴 안에서 엘시가 여심을 사로잡는 필
승 전략을 전수해 주었다.

"형님들, 저 어쩌면 여자 친구가 생길 것 같습니다."

현우와 손태명은 그저 웃기만 했다. 그리고 열렬한 환호 속
에서 최영진이 먼저 따로 제작된 방 안으로 들어갔다.

카페 형식으로 꾸며진 세트장 안으로 최영진이 먼저 들어섰
다. 어색하게 주변을 둘러보던 최영진이 카페 직원 역할을 맡
은 스태프의 안내에 따라 테이블에 앉았다.

스튜디오에 설치된 대형 스크린으로 최영진의 얼굴이 잡혔
다. 그리고 반대편에서 김선영 아나운서가 걸어 들어왔다.

"뭐 해요, 영진 오빠?"

"망했어!"

i2i 멤버들이 안타까운 탄식을 터뜨렸다. 손태명은 멀뚱멀뚱 김선영 아나운서를 쳐다만 보고 있었다.

의자를 빼주는 매너를 보여주던가, 아니면 최소한 자리에서 일어나 인사라도 했어야 한다는 게 연예인 판정단의 의견이었다.

"안녕하세요? 최영진 팀장님."

김선영 아나운서가 의자에 앉으며 먼저 인사를 건넸다. 최영진이 황급히 입을 열었다.

"아, 안녕하세요. 어울림 엔터테인먼트의 A팀 팀장 최영진이라고 합니다."

서로 인사가 끝나고 어색한 침묵이 감돌았다. 대형 스크린으로 일대일 소개팅을 지켜보던 방청객들이 안타까운 탄성들을 터뜨렸다.

박성준 아나운서는 마치 스포츠 종목을 중계하듯 탄식을 터뜨렸다.

"아아! 최영진 팀장님이 얼어붙어 있습니다! 이거 침묵이 길어지면 제 경험상 좋지는 않을 텐데요?"

스튜디오에서 이를 지켜보고 있는 F4들이나 방청석에 앉아 있는 어울림 식구들도 애가 타기는 마찬가지였다.

'어, 어떻게 하지?'

당사자인 최영진은 더 죽을 맛이었다. 바로 앞에 김선영 아나운서가 꼿꼿한 자세로 앉아 자신을 주시하고 있었다.

"식사는 하고 오셨어요?"

다행히도 김선영 아나운서가 먼저 말을 건네주었다. 최영진이 반색을 했다.

"네! 뷰티숍에서 우리 멤버 한 명이 주먹밥을 싸와서 간단하게는 먹었습니다. 시, 식사하셨어요?"

"아니요. 아직 못 먹었어요."

잠시 침묵이 감돌았다. i2i 멤버들이 발을 동동 굴렀다. 대화를 이어나갈 절호의 기회인데 최영진이 머뭇거리고 있었다.

반면, 엘시가 눈을 부릅떴다.

"유나야, 서, 설마 진짜 그렇게 하는 건 아니겠지?"

"언니가 가르쳐 준 팁 말하는 거예요?"

"응."

"최영진 팀장님은 진담으로 받아들였던 것 같던데요?"

"아, 안 돼! 영진 오빠, 제발!"

엘시가 두 손을 꼭 쥐며 불안에 떨었다.

한편 최영진은 고민 끝에 비장의 수를 꺼내들었다. 엘시가 알려준 비장의 팁이 세상에 빛을 발하는 순간이었다.

"못 먹었는데요?"

"네?"

"모, 못 드셨는데요?"

"네?"

김선영 아나운서가 살짝 당황해했다. 그러다 미소와 함께 말을 이어갔다.

"아마 오늘 녹화가 끝나면 회식이 있지 않을까요?"

"회식이 있어요?"

"네? 아마도?"

"아마도요?"

"회식할 거예요. 사실 피디님이 말씀해 주셨어요."

"…말씀해 주셨어요?"

방청석에서 폭소가 쏟아졌다. 몇몇 방청객은 웃다 못해 눈물까지 흘리고 있었다. 박성준 아나운서도 실시간 중계를 중단하고 차마 말을 잇지 못하고 있었다.

'여, 영진아… 하아.'

현우가 이마를 부여잡고 있었다. 엘시가 밴 안에서 농담으로 했던 말을 최영진이 고스란히 실천하고 있었다. 설마 최영진이 저 정도일 줄은 몰랐던 현우였다. 모태 솔로 수준이 아니고 이 정도면 거의 연애 고× 수준이었다.

"홍콩에서 무슨 일이 있었던 거야?"

손태명도 어이가 없어 그저 웃고만 있었다. 현우가 질끈 두 눈을 감아버렸다.

"서, 선배?!"

한참 웃던 신입 피디가 마소진 피디를 쳐다보았다. 최영진 팀장이 큰 웃음을 주고 있었지만, 출연자의 인권이라는 것이 있었다. 이대로 방송이 나가면 역대급 흑역사로 남을 것이 분명했다.

"녹화 끊을까요? 재미있긴 한데, …이건 좀?"

"어쩌지? 끊을까?"

어울림 F4와 어울림 식구들의 맹활약에 내내 기뻐하던 마소진 피디도 심각하게 녹화 중단을 고민하고 있었다.

"선배, 끊죠."

"잠깐만! 동민아!"

"예?"

마소진 피디가 김선영 아나운서를 주목했다.


＊          ＊          ＊


계속되는 되묻기에 김선영 아나운서가 결국 입을 다물었다. 최영진은 이제야 아차 싶었다. 머리가 차가워지더니 정신이 돌아오기 시작했다.

'미, 미친놈아! 대체 내가 뭘 한 거지?'

자책이 밀려왔다. 극도의 긴장감에 잠깐 정신이 나갔던 최영진이었다. 턱선을 타고 식은땀이 흘렀다. 목이 말라 급히 커피를 마셨다.

"쓰세요."

김선영 아나운서가 손수건을 건넸다. 최영진이 황급히 손을 저었다.

"따, 땀에 젖을 텐데요. 괜찮습니다."

"저도 괜찮아요."

최영진이 결국 손수건을 받아 들었다. 어쩔 줄을 몰라 하더니 최영진이 손수건을 주머니로 넣었다.

"땀 안 닦으세요?"

"아, 아까워서요."

"네?"

"향기도 나고 아까워서요."

대답 대신 김선영 아나운서가 조용히 웃었다.

"오오! 괜찮은데?"

"향기가 나서 아깝대! 설렌다!"

한참을 웃던 방청객들이 최영진을 보며 감탄을 했다. 김선영 아나운서가 건넨 손수건을 소중하게 대하는 모습이 여심을 움직이고 있었다.

"향기도 나고 아까워서요! 방금 대사 완전 좋았어!"

"멋있다! 최영진!"

반쯤 최영진을 포기하고 있던 i2i 멤버들도 최영진을 응원하기 시작했다.

"다, 다행이다! 지유야!"

엘시가 송지유의 팔을 껴안고는 안도를 했다.

"됐어! 동민아! 그대로 가자!"

"네! 선배!"

연출진도 이제야 마음을 놓기 시작했다.

한편, 김선영 아나운서는 조금씩 생각이 바뀌기 시작했다. 소개팅 프로라고 해서 그저 일의 연장선이라고만 생각하고 있었다. 그리고 처음에는 최영진 팀장이 이상한 남자라는 생각이 들었다.

그런데 대화를 나누면 나눌수록 시골 총각 같은 순수함이 귀엽게 다가왔다.

내내 차분하던 김선영 아나운서가 입을 가리고 웃기 시작했다. 최영진은 갑자기 김선영 아나운서가 웃기 시작하자 하하 같이 웃기 시작했다.

"최영진 팀장님은 왜 웃으시는 거예요?"

"선영 씨가 웃는 게 보기 좋아서요."

"네, 네?"

김선영 아나운서는 다른 의미에서 당황스러웠다. 두 귀를 의심하며 최영진을 빤히 쳐다보았지만, 최영진의 순수한 얼굴을 보니 할 말이 없었다.

갑자기 김선영 아나운서의 양 볼이 눈에 띄게 붉어졌다.

"뭐야? 완전 선수 아니야?"

"대박! 완전 달달해!"

방청객들은 서로를 보며 난리가 났다.

두 사람 사이에 감돌고 있었던 어색한 분위기가 순식간에 누그러졌다. 어느새 김선영 아나운서가 대화를 이끌고 있었다.

"팀장님은 매니저 생활을 하면서 어떨 때가 가장 보람 있으세요?"

"우리 i2i 아이들 자는 모습을 볼 때가 가장 보람 있습니다."

"이유가 있어요?"

"연예인이지만 아직 어린아이들이거든요. 또래 아이들은 학교 가고, 학원 다닐 시간에 무대에 올라 노래를 하고, 정말 쉬운 직업이 아니에요. 매번 누군가에게 평가를 받는 자리라서 정신적인 중압감도 엄청나기든요. 또 요즘은 일본 활동을 하느라고 제대로 휴식을 취할 시간도 없습니다. 저도 최대한 우리 아이들 쉬게 해주려고 일부러 막히는 길로 가기도 하고, 아이들이 잠들면 갓길에 차를 세워두기도 하거든요. 그렇게 차를 세워두고 자는 아이들을 보고 있으면 가장 마음이 놓이더군요. 깨어 있을 땐 진짜 지옥이거든요? 근데 자는 모습을 보면 천사들입니다. 아, 이거 밖에서도 보는 거죠? 큰일이네요. 현우 형님, 태명 형님! 죄송합니다! 그래도 아시죠? 저 스케줄에 늦은 적은 단 한 번도 없습니다!"

최영진이 머리를 긁적이며 변명을 했다.

"김현우 대표님! 충격 고백 아닙니까? 대표의 입장에서 어떻게 괜찮으시겠습니까? 불이익은 없는 겁니까?"

스튜디오에서 박성준 아나운서가 현우에게 물었다. 현우가 씩 웃었다.

"괜찮습니다. 정말로 스케줄에 늦은 적은 한 번도 없으니까요."

"아! 그럼 다행입니다! 어? 그리고 i2i 멤버분들? 눈에 눈물이 고여 있습니다! 감동을 받은 것 같은데요?"

박성준 아나운서가 멘트를 치며 연출진에게 이를 알렸다. 카메라 감독들이 황급히 i2i 멤버들을 담기 시작했다.

"우리… 영진 오빠한테 더 잘해주자."

김수정이 멤버들에게 말했다. 멤버들이 코를 훌쩍이고 있었다. 늘 아슬아슬한 시간에 무대나 촬영장에 도착을 하곤 했다. 그 이면에 최영진의 배려가 숨어 있었음을 오늘에서야 깨달은 멤버들이었다.

그리고 대화는 더욱 깊어져 갔다. 딱딱하게만 보이던 김선영 아나운서도 조금씩 속에 담아두었던 이야기를 꺼내기 시작했다.

"저는 얼마 전부터 라디오를 진행하거든요. 라디오를 마치고 나면 늘 새벽에 혼자 다니다 보니까 말수도 적어지고 외로울 때가 있는 것 같아요. 그런데 i2i 멤버 여러분들은 좋으시겠어요. 이렇게 따듯한 매니저분을 두셔서요. 부러워요."

김선영 아나운서의 칭찬에 최영진이 얼굴을 붉혔다.

그때였다. 스튜디오 방청객 석에 앉아 있던 i2i 멤버들이 황급히 화이트보드를 높이 들었다.

[영진 오빠! 우리가 차 한 대 사줌! — i2i 멤버 일동]
[별밤 끝나고 다음 타임이 김선영 언니 라디오래요!]
[김선영 아나운서 매니저 가즈아!]
[우리 오빠 베스트 드라이버임!]

"……"
"……"

카페 세트에 있던 최영진과 김선영 아나운서도 i2i 멤버들의 피켓을 보곤 부끄러움에 어쩔 줄을 몰라 하고 있었다.

"오오! 시청자 여러분 보셨습니까? i2i 멤버 여러분들이 김선영 아나운서가 마음에 들었던 모양입니다! 송지유 양과 드림걸즈 멤버들의 반응도 볼까요?"

엘시와 드림걸즈 멤버들이 두 팔을 높이 들며 원을 그렸다.

송지유도 이솔로부터 화이트보드를 건네받고는 매직으로 무언가를 써내려 갔다.

카메라가 송지유를 집중적으로 담기 시작했다. 마침내 송지유가 화이트보드를 들어 보였다.

[합격.]

방청객들이 환호성을 질렀다.

"네! 여러분! 어울림 안방마님의 합격이 떨어졌습니다! 그럼 이쯤에서 연예인 판정단의 판정을 보겠습니다! 자! 준비하시고! 어울림 엔터 연예인 판정단은 OX 피켓을 들어주세요!]

송지유를 비롯해 엘시와 드림걸즈 멤버들, 그리고 i2i 멤버들과 서유희가 높이 피켓을 들었다.

전원이 'O'가 그려진 피켓을 들고 있었다.

최영진이 환하게 웃고 있었다. 반면, 딱딱하게만 보이던 김선영 아나운서는 수줍음에 고개도 제대로 들지 못하고 있었다.

박성준 아나운서가 연출진의 사인을 받고는 다시 진행을 이어갔다.

"이제 다음 공을 뽑아보겠습니다! 여러분 기대하십시오!"

박성준 아나운서가 플라스틱 통에서 무작위로 공을 뽑았다.

"아! 여러분! 기뻐하십시오! 남자 기호 1번 김현우 대표님이 걸리셨습니다!"

박성준 아나운서가 공을 높이 들며 포효했다. 방청객들도 현우의 당첨을 크게 반겼다.

"자! 그럼 곧바로 다음 공을 뽑아보겠습니다! 과연! 과연!"

박성준 아나운서가 공을 뽑아 들었다. 그리고 공을 확인한 다음, 심각한 표정을 했다. 스튜디오엔 긴장감이 가득했다.

"우우~!"

방청객들의 원성이 쏟아졌다.

"그럼 공개하겠습니다! 이거 전혀 의외의 인물인데요? 남자 기호 1번 김현우 대표님의 프리 토크 상대는!"

박성준 아나운서가 마른 입술을 축였다. 그러고는 포효했다.

"광고 보고 오겠습니다!"

＊　　　＊　　　＊

일대일 프리 토크 시간을 마치고 최영진과 김선영 아나운서가 스튜디오로 복귀했다. 방청객들로부터 뜨거운 박수가 쏟아졌다. 연예인 판정단들도 마찬가지였다. 특히 i2i 멤버들의 반응이 아주 좋았다.

[우리도 언니가 좋아요! — i2i 멤버 일동]

[최영진♥김선영 커플 가즈아!]

[나대지 마! 심장아!]


김선영 아나운서가 살짝 웃어 보이며 자리로 돌아갔다. 최영진은 스튜디오의 뜨거운 반응이 얼떨떨했다. 실수 연발, 엉망진창이었다고 나름 자책을 하고 있었는데 그게 아니었던 모양이다.

'역시 다연 씨의 노하우가 먹혀들었구나.'

최영진이 눈빛으로 엘시에게 고마움을 표시했다. 엘시가 어색하게 웃기만 했다.

"하여간 이 악동."

그 모습을 보며 크리스틴이 고개를 저었다.

잠시 녹화가 중단되고 휴식 시간이 주어졌다.

"수고하셨습니다."

"고맙다, 석훈아."

말수가 적은 고석훈도 최영진을 격려했다. 고석훈을 지나쳐 최영진이 손태명과 현우를 쳐다보았다.

"형님들, 저 진짜 떨려서 죽는 줄 알았습니다. 휴우……."

"너, 선수였어?"

"그, 그럴 리가요!"

손태명이 묻자 최영진이 손사래를 쳤다. 현우가 씩 웃으며 최영진의 어깨를 두들겼다.

"영진아, 잘하면 모솔 탈출하겠는데?"

"네? 제가요?"

"그럼 너 말고 누가 있냐? 일단 대기실로 가자. 그리고 가기 전에 인사나 하고 와."

현우가 최영진을 떠밀었다. 최영진이 쭈뼛거리다가 대기실로 향하는 김선영 아나운서에게 다가갔다.

"할 말이 또 있으세요?"

김선영 아나운서가 최영진을 보며 웃었다. 이상하게 최영진 팀장만 보면 웃음이 헤퍼졌다. 최영진이 무언가를 슥 내밀었다.

"저, 이거 드십시오. 우리 솔이가 만든 건데 맛있습니다."

"아까 말씀하신 주먹밥이네요? 최영진 팀장님 드실 건 있으세요?"

"네! 있습니다."

"네. 그럼 감사히 받을게요."

김선영 아나운서가 목례를 하며 대기실 쪽으로 몸을 돌렸다.

"나, 날 보고 웃었어?"

최영진의 얼굴 가득 웃음이 걸려 있었다.

*　　　*　　　*

어울림 F4 대기실엔 싸늘한 분위기가 감돌고 있었다. 대기실 문을 열자마자 쏟아지는 시선에 현우가 헉, 헛숨을 들이마셨다.

송지유를 중심으로 엘시, 드림걸즈 멤버들, 그리고 i2i 멤버들까지 도끼눈을 뜨고 단체로 팔짱까지 끼고 있었다.

"……."

현우가 슥 뒤를 돌아보았다.

고석훈이 체력 보충 차원에서 먹고 있던 에너지 바를 슥 내려놓았다. 최영진만 싱글벙글 한껏 들떠 있었다. 손태명이 안경을 고쳐 쓰더니 현우의 어깨를 잡았다.

"너야, 현우야."

"나? …내가 뭐 잘못했나?"

현우가 어울림 식구들에게 물었다. 다들 대답이 없었다. 현우의 시선이 이솔에게로 향했다. 하지만 이솔마저 차마 입을 열지 못하고 있었다.

이번에는 서유희에게로 향했다. 서유희도 곤란한 얼굴을 했다.

"뭔데? 뭐가 또 너희들 마음에 안 들었어?"

현우가 한숨을 내쉬었다. 어울림은 소속 연예인의 90퍼센트 이상이 여성으로 이루어져 있었다. 그러다 보니 좋은 점이 훨씬 많았지만, 이럴 때는 정말이지 눈치가 보였다. 꼭 여동생만 20명 가까이 있는 그런 기분이었다.

"'저도 좋네요' 라고 하셨죠, 대표님?"

송지유의 원조 오른팔 격인 유지연이 현우가 했던 말을 그대로 따라했다.

"어? …그랬어?"

현우가 목을 긁적였다.

"모른 척하지 마세요. '영광이네요, 장윤희 아나운서' 아주 좋아 죽으시던데요?"

"내가 그랬었나? 지연아?"

"그랬다, 현우야."

손태명이 어느새 반대편으로 가 서 있었다. 최영진과 고석훈도 슬쩍 반대편으로 자리를 옮겼다.

"바람둥이."

"유, 유지야?"

순수한 i2i 막내의 한마디에 현우가 휘청거렸다. 그러다 현우가 진지해졌다.

"방송이니까 그런 거지. 그럼 카메라 돌고 있는데, 침이라도 뱉을까? 그건 아니지."

아직은 어린 i2i 멤버들이 자기도 모르게 수긍을 했다.

"어쨌든 이건 지유랑 저희들이 협의해서 만든 조항이에요, 지연아?"

엘시가 유지연을 내세웠다.

"네, 선배님. 지금부터 대표님은 치아 보이는 거 금지, 먼저 질문하는 거 금지, 눈 마주치는 것도 금지, 피식, 피식 웃는 버릇도 금지."

"……"

현우는 할 말을 잃었다. 그냥 두 눈을 감고 앉아 있으라는 말과 다름이 없었다.

"방송이야, 방송. 너희들 설 연휴 특집 프로그램인 걸 잊은 건 아니겠지?"

"안 잊었어요."

침묵만 고수하던 송지유가 드디어 입을 열었다.

"1번 개, 별로예요."

절대로 없는 말은 안 하는 송지유였다. 연예계 활동을 하면서도 좀처럼 누군 어떻고, 누군 저렇다, 라는 말을 하는 것을 본 적이 없었다. 오로지 마이웨이, 그게 송지유였다. 그런데 그런 송지유도 1번 장윤희 아나운서를 곱게 보지 않고 있었다.

현우가 피식 웃었다. 현우도 그 여자가 썩 마음에 들지는 않았다.

"나도 알아. 내가 여자 보는 눈이 없을 것 같아? 내가 나이가 몇 살인데."

"어? 그럼 그 말은 대표님, 여자 많이 만나 봤다는 뜻이에요?"

연희가 틈새를 파고들었다.

"……."

순간 송지유로부터 한기가 뿜어졌다.

사태가 진정되는 것 같아 에너지 바를 꺼내 들었던 고석훈이 다시 조용히 주머니에 에너지 바를 숨겼다.

"그게 또 그렇게 되나? 그건 아닙니다, 연희 씨. 진짜입니다. …진짠데."

분위기가 풀어지는 것 같더니 또 이상하게 흘러갔다.

"녹화 다시 들어가겠습니… 음?"

신입 피디가 격려 차원에서 대기실을 찾았다가 싸늘한 분위기에 입을 다물었다. 그리고 현우가 이런 좋은 기회를 놓칠 리가 없었다.

"가시죠, 피디님."

"예? 예, 대표님. 가, 가시죠. 그런데 무슨 일이 있었나요?"

"아뇨. 아무 일도 없었습니다."

현우가 씩 웃으며 먼저 대기실을 나섰다.

＊　　　＊　　　＊

다시 녹화가 시작되었다. 세트로 이루어진 카페 테이블에 현우와 장윤희 아나운서가 서로를 마주보고 있었다.

'으음.'

현우는 살짝 장윤희 아나운서를 살펴보았다. 휴식 시간에 어디 숍이라도 다녀왔는지, 화장이 더욱 진해져 있었다. 짙은 향수 향기 때문에 숨을 쉬기도 어려울 정도였다. 무엇보다 현우는 어디다 눈을 둬야 할지 상당히 불편스러웠다.

'이거 참.'

이러한 현우와 다르게 장윤희 아나운서는 한껏 들떠 있었다. 간절한 바람 덕분이었는지 박성준 선배가 자신의 번호가 적힌 공을 뽑아주었다.

문득 김현우 대표와 자신이 운명이 아닐까, 하는 생각까지 들었다.

'인물도 좋고, 인기도 많고, 돈은 얼마나 있을까? 어울림 연수입이 얼마라고 했지? 이럴 줄 알았으면 검색 좀 하고 올걸. 아쉬워.'

장윤희 아나운서가 조금 더 철저하지 못했던 스스로를 탓했다. 그러다 현우를 보며 방긋 눈웃음을 흘렸다.

"신기하네요. 설마 김현우 대표님이랑 단 둘이 시간을 보낼 줄은 꿈에도 상상도 못 했어요. 그렇지 않으세요?"

"네, 뭐. 저도 신기하네요."

"그렇죠? 커피 좋아하세요?"

"좋아하는 편입니다."

"저도요. 하루에 커피만 3잔은 마시는 것 같아요. 꼭 카페인 중독 같죠?"

"그런가요?"

현우가 작게 웃었다.

"회사를 운영하시면서 힘든 점은 없으세요?"

"아직까지는 괜찮습니다."

"하긴 워낙 국민 여러분들이 많은 사랑을 보내주시니까요."

"그렇죠."

대화가 계속해서 이어졌지만, 질문을 하는 쪽은 언제나 장윤희 아나운서 쪽이었다.

'뭐야? 나한테 관심이 없는 거야? 아니면 원래 말이 없는 거야?'

장윤희 아나운서는 조금씩 마음이 급해졌다. 대화 내내 매너 넘치는 모습을 보여주고 있었지만 김현우 대표는 여러모로 사람을 헷갈리게 만들고 있었다.

문득 김선영 아나운서가 생각이 나자 더욱 짜증이 밀려왔다. 어느새 스포트라이트가 김선영 아나운서에게로 쏠려 있었다.

하지만 결국 별다른 소득 없이 일대일 프리 토크 시간이 끝나고 말았다. 박성준 아나운서가 연예인 판정단 쪽을 바라보며 입을 열었다.

"그럼 연예인 판정단이 보는 두 남녀의 케미는 얼마나 될지 확인을 해보겠습니다. 참고로 연예인 판정단은 조금 전 남자 기호 3번 최영진 팀장님과 여자 기호 2번 김선영 아나운서는 만장일치로 합격을 주었거든요! 과연 이번에는 결과가 어떨지 보겠습니다! 연예인 판정단 OX 피켓을 들어주시기 바랍니다!"

송지유와 엘시를 시작으로 어울림 식구들 전원이 X 자를 들었다.

"와? 이거 진짜야?"

"뭐지?"

"뭐기는 대화 내내 두 사람 별로 안 맞는 것 같아 보였잖아."

"그렇긴 했지."

방청객들이 조금은 놀라면서도 연예인 판정단의 의견을 수긍했다. 밖의 상황을 확인한 장윤희 아나운서의 표정이 썩어 들어갔지만 현우는 그저 담담했다. 아니, 속으로는 송지유의 안색을 살피며 안도의 한숨을 내쉬고 있었다.

'다, 다행이다. 무사히 넘어갔어.'

하지만 고비가 또 한 차례 남아 있었다.

*　　　*　　　*

서로의 취향에 대해 알아보는 '두근두근 환상 케미' 코너가 시작되었다.

"이번 순서는 일대일 프리 토크 시간에 나누었던 대화를 토대로 서로를 얼마나 알고 있는지 알아보는 그런 코너입니다! 먼저 남자 기호 1번 김현우 대표님과 여자 기호 1번 장윤희 아나운서가 첫 번째 순서로 케미를 맞추어보겠습니다. 참고로 연예인 판정단도 참여를 할 수 있으니 한번 맞춰보십시오! 그럼 시작하겠습니다! 보기 주세요!"

스튜디오의 스크린으로 질문과 함께 여러 개의 보기가 떠올랐다.

"자! 첫 번째 케미를 맞춰볼 시간입니다! 좋아하는 주류는 뭘까요?"

보기에는 여러 종류의 주류들이 다양하게 적혀 있었다. 장윤희 아나운서가 눈동자를 빛냈다. 김현우 대표가 맥주를 자주 마신다는 이야기를 자기소개 시간에 분명히 한 적이 있었다.

장윤희 아나운서가 자신 있게 맥주 모양의 아이콘을 선택했다. 현우도 별 고민 없이 선택을 했다.

"두 분, 선택 다 하셨습니까? 그렇다면 연예인 판정단의 의견부터 보겠습니다! 화이트보드를 높게 들어주십시오!"

송지유와 엘시를 비롯한 어울림 식구들이 일제히 화이트보드를 들었다. 그리고 장윤희 아나운서의 표정이 굳었다.

화이트보드에는 맥주가 아닌 소주가 당당하게 적혀 있었다.

특히 송지유가 들고 있는 화이트보드에는 소주 브랜드 이름까지 적혀 있었다.

[백반 가게에서 오늘처럼에 삼겹살? 주량은 소주 2병! —오늘처럼 광고모델 송지유 @^^@ 당연히 첫 잔은 원 샷이겠죠?]

너무나도 상세한 설명이었다. 그리고 센스 넘치고 애교 있는 문구까지.

"그럼! 확인해 보겠습니다! 장윤희 아나운서가 고른 답은 아! 안타깝게도 맥주였습니다! 그리고 김현우 대표님은 와인으로 정확하게 정답을 고르셨습니다! 첫 번째 케미는 아쉽게도 탈락이군요!"

장윤희 아나운서의 표정이 썩었다. 일대일 프리 토크 시간

때도 불합격을 주더니 이번에는 맥주로 써도 될 것을 굳이 소주로 적어 태클을 걸고 있었다. 표정들도 의기양양한 채 보란 듯이 고개를 들고 있었다.

'내가 마음에 안 드는 거야? 천하의 장윤희가?'

괜히 부아가 치밀었다.

"김현우 대표님, 정말 소주를 제일 좋아하십니까? 그런데 왜 자기 소개에는 맥주를 적으셨습니까?"

박성준 아나운서가 현우에게 질문을 던졌다. 현우가 하하 웃으며 입을 열었다.

"맥주도 좋아하긴 하지만 사실 일 끝내고 손태명 실장이나 오승석 작곡가랑 소주 한잔하는 것도 좋아합니다. 또 지유가 첫 광고를 따낸 소주이기도 해서 애착도 있죠. 지유가 제가 했던 말을 기억해 주네요. 첫 광고라 의미가 깊거든요."

카메라가 현우와 송지유를 번갈아 담았다. 어느새 장윤희 아나운서는 뒷전이었다.

"그러시군요. 역시 국민 남매는 케미도 환상적입니다! 안타깝지만 바로 다음 문제 가겠습니다! 연예 기획사 대표로서 김현우 대표님의 경영 철학은 과연 무엇일까요?! 그리고 장윤희 아나운서의 새해 포부는 과연 무엇일까요!?"

여러 보기가 나왔다. 제대로 된 대화를 나눈 적이 없었지만 현우는 대충 보기를 보고 감을 잡았다. 야망이 큰 여자였다.

'9시 메인 뉴스 자리일 확률이 높겠지.'

현우는 보기 중에서 9시 뉴스 앵커를 꼽았다. 반면 장윤희 아나운서는 갈등 중이었다. 보기에는 '해외 진출', '나눔', '신사옥', '연 매출 200억' 이렇게 4개의 보기가 있었다.

결국 장윤희 아나운서는 '해외 진출'을 골랐다. 해외 진출에 성공하면 신사옥 건축이나 연 매출 200억도 금방이었기 때문이었다.

"연예인 판정단도 준비가 된 것 같습니다! 그럼 케미를 확인해 보겠습니다! 정답을 공개해 주세요!"

현우와 장윤희 아나운서가 고른 정답이 스크린으로 동시에 떠올랐다. 정답을 확인한 박성준 아나운서가 다시 마이크를 들었다.

"9시 뉴스 앵커! 김현우 대표님은 정확하게 정답을 고르셨습니다! 아! 하지만 장윤희 아나운서는 안타깝게도 오답을 고르셨군요! 정답은 '나눔'이었습니다! 그럼 연예인 판정단의 정답을 확인해 볼까요?"

송지유를 비롯한 어울림 소속 아티스트들 전원이 '나눔'을 적어놓은 상태였다. 특히 송지유는 나눔 옆에 매니지먼트라는 글귀도 더 적어놓았다.

"송지유 양, 매니지먼트를 적어놓은 까닭이 있을까요?"

박성준 아나운서가 물었고, 송지유가 화이트보드에 무언가를 빠르게 적었다. 그리고 다시 화이트보드를 들었다.


[연예 기획사의 핵심은 사람을 향한 매니지먼트다. by 김현우. 매번 듣는 말이에요. ^^]


"오오!"

방청객들이 고개를 끄덕이며 감탄을 했다. 현우가 송지유를 보며 씩 웃었다. 대견했기 때문이었다.

송지유가 살짝 웃으며 화이트보드를 내려놓았다. 박성준 아나운서도 뒤늦게 감탄을 했다.

"역시 국민 남매입니다! 보기에도 없던 정답을 척척 맞추시는군요! 여러분 뜨거운 박수를 부탁드립니다!"

송지유를 향해 박수가 쏟아졌다. 장윤희 아나운서가 송지유를 노려보며 이를 갈았다.

'쟤 뭐야? 홍콩에서 영화 찍는다며? 재수 없어!'

뒤이어 여러 문제들이 쏟아졌지만 그때마다 스포트라이트는 송지유 독차지였다.

어느새 방청객들도, 또 연출진도 현우와 송지유의 막강한 케미에 집중을 할 정도였다. 장윤희 아나운서는 겨우 한 문제만을 맞추며 굴욕 아닌 굴욕을 당하고야 말았다.

그리고 모든 문제가 끝이 났다. 연예인 판정단의 판정 시간이 또 다가왔다. 송지유를 필두로 엘시와 드림걸즈, i2i, 서유희까지 전원이 X가 그려진 피켓을 들었고, 장윤희 아나운서는 무려 2번에 걸쳐 전원에게 불합격을 받는 굴욕을 당하고 말았다.

녹화는 중후반부로 넘어갔고, 장윤희 아나운서의 바람과 다르게 최영진과 김선영 아나운서 위주로 녹화가 진행되었다.

휴식 시간, 엘시와 송지유가 대기실 앞 복도에서 하이파이브를 주고받았다.

"지유야, 수고했어."

"언니도 수고했어요."

각본 엘시, 연출 송지유가 합작한 '불여우 사냥 작전'은 그야말로 대성공이었다.

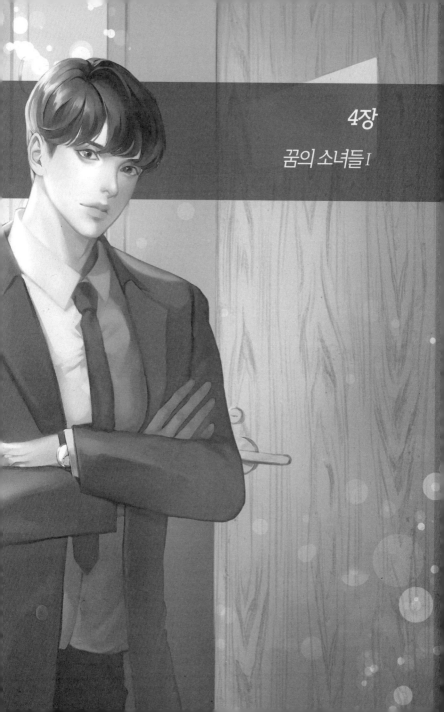

# 4장

## 꿈의 소녀들 I

'두근두근 썸남썸녀!' 특집 녹화가 우여곡절 끝에 마무리가
되었다. 남자 기호 3번이었던 최영진과 여자 기호 2번이었던
김선영 아나운서가 커플로 맺어지게 되었고, 그 이외에는 단
한 커플도 성사되지 못했다.

뒤이어 회식 자리가 마련되었다.

시청률 대박을 예감한 마소진 피디가 소고기를 쏘기로 통
큰 결정을 내렸다.

식당은 연출진과 어울림 식구들로 북적였다. 현우 옆에는
마소진 피디가 함께였다.

"한 잔 받으세요. 소주는 오늘처럼이니까 오늘 빼기 없기에
요?"

"하하. 당연하죠. 피디님도 오늘 하루 고생 많으셨습니다."

현우가 마소진 피디로부터 잔을 받은 다음, 곧바로 마소진
피디의 잔을 채워주었다. 마소진 피디가 자리에서 일어났다.

"오늘 우리 다들 고생 많았어요! '두근두근 썸남썸녀!' 정규
편성을 위해서! 그리고 어울림 엔터테인먼트와 지유 씨 영화
대박을 위해 건배! 아, 그리고 오늘 특별히 홍콩에서 지유 씨
도 왔는데, 지유 씨도 한마디 해요!"

송지유가 자리에서 일어났다.

"당연히 첫 잔은 원 샷이겠죠?!"

"하하하!"

송지유의 애교 섞인 센스에 다들 웃음을 터뜨렸다. 특히 남
자 스태프들은 넋을 놓은 채로 핸드폰을 들고 있었다.

"피디님, 우리 영진 오빠도 한마디 하게 해주세요!"

엘시가 끼어들었다. 마소진 피디가 고개를 끄덕였다. 스태
프들의 환호 속에 최영진이 자리에서 일어났다. 함께 앉아 있
던 김선영 아나운서도 덩달아 얼굴을 붉혔다.

"어, 최, 최선을! 다하겠습니다!"

조금은 엉뚱한 건배사였지만 여기저기서 격려의 박수가 쏟
아졌다. 현우가 그런 최영진을 흐뭇한 얼굴로 쳐다보았다. 김

선영 아나운서도 좋은 사람 같았고, 오늘의 인연이 여기서 그치지 않기를 바랐다.

"피디님! 저희도 수정이가 대표로 한마디만 하면 안 될까요?"

배하나가 높이 손을 들며 소리쳤다. 마소진 피디가 호호 웃었다.

"좋아요. 수정 씨?"

"네!"

김수정이 자리에서 일어났다. 미성년자라 술 대신 음료수가 담긴 잔을 들고 있었지만 나름 비장한 표정이었다.

"김선영 언니! 저희가 우리 영진 오빠 멋진 외제차 뽑아줄 건데, 앞으로 자주 만나주세요, 네?!"

김수정이 눈을 질끈 감고 소리쳤다.

"오오!"

여기저기서 탄성이 쏟아졌다. 잔을 들고 일어서 있던 최영진이 석상처럼 굳어버렸다. 모두의 시선이 김선영 아나운서에게로 향했다.

김선영 아나운서가 머뭇거리다 입을 열었다.

"네. 고려해 볼게요. 최영진 팀장님만 괜찮으시다면."

"저는 아무 문제없습니다!"

최영진이 힘차게 대답했다. 현우가 그 모습을 보며 하하 웃었다. 여기저기서 응원이 쏟아졌다. 다른 신입 아나운서들도 김선영 아나운서를 응원하는 분위기였다.

"그럼 건배!"

마소진 피디의 건배 제안이 끝나고 다들 원 샷으로 잔을 비워냈다. 그런데 장윤희 아나운서가 보이지 않았다. 스케줄을 핑계로 회식에 참석하지 않았기 때문이었다.

"불여우가 없으니까 술 맛 좋다!"

엘시가 텅 비어버린 맥주잔을 내려놓으며 말했다. 크리스틴이 엘시의 허벅지를 꼬집었다.

"아야! 왜?"

"조용히 해! 이러다 누가 듣겠다!"

"들으라지 뭐? 안 그래? 지유야?"

"네, 뭐."

"거봐!"

엘시가 씩 웃으며 잔들을 채웠다. 송지유도 엘시로부터 잔을 받았다.

한편, 현우는 마소진 피디와 본격적으로 대화를 나누고 있었다.

"대표님, 이번 년도도 잘 부탁드릴게요. 아셨죠?"

이 말인즉슨 어울림 소속 가수들의 첫 컴백 무대를 부탁하는 뜻이었다. 현우가 고개를 끄덕였다.

"당연하죠. 저희 역시 마 피디님만 믿겠습니다."

현우와 어울림 입장에서도 마소진 피디가 고마웠다. 송지유도 그렇고, i2i와 엘시 역시 훌륭한 무대에서 컴백을 할 수 있었다.

"대표님."

"네, 말씀하세요."

"소문에 의하면요. 걸즈파워, 아니, 드림걸즈 친구들 새 앨범을 준비 중이라는 소문이 있던데… 맞아요?"

"콘셉트는 잡았고, 내일부터 녹음 들어갑니다. 곡도 나왔거든요."

"네에? 벌써요?"

마소진 피디가 깜짝 놀랐다. 어울림의 추진력과 기획력에 절로 감탄이 나왔다.

"소문이 사실이었네요. 어울림 직원분들 잠은 주무시는 거죠?"

하드 워커. 어울림 소속 매니저들과 작곡가들에게 붙은 별명이었다. 뚝딱, 뚝딱 훌륭한 곡과 앨범을 아무렇지도 않게 만들어내기 때문이었다.

"하하. 충분히 쉬고는 있습니다. 다만 다연이랑 멤버들의 의지가 강할 뿐이죠."

현우가 엘시와 드림걸즈 멤버들을 눈으로 담으며 말했다. 눈이 마주치자 유나가 헤헤 웃으며 손을 흔들었다. 현우도 마주 손을 흔들어주었다.

"당연한 거죠. 그 많은 위약금을 다 내주셨잖아요. 저라도 눈에 불을 켤 것 같아요. 은혜를 갚아야 하니까요."

"은혜는요. 저도 어쩌다 보니 그렇게 된 거죠."

"겸손은 사양이에요, 대표님. 사실 저도 이번 프로를 통해서 대표님한테 신세 좀 갚으려고 했는데, 아쉽게 되었네요. 대표님은 앞으로 애인 만들기 힘드시겠어요. 지유 씨도 그렇고, 다른 친구들도 호락호락하지가 않던데요?"

"하하. 아직까지는 귀엽기만 하네요, 저는."

현우가 웃으며 대답했다.

"드림걸즈 새 앨범이 궁금하네요. S&H에서 활동했을 때랑은 많이 다르겠죠, 대표님?"

"아무래도 많이 다를 겁니다. 이번 앨범은 철저히 다연이랑 멤버들 의견을 수렴해서 만들고 있으니까요."

"정말요?"

마소진 피디가 한 번 더 놀랐다. 큰 위약금을 지불하고 엘시와 멤버들을 데리고 왔다. 그렇다면 보통 회사 입장에서는 위약금의 손실을 메꾸는 것이 최우선 과제이다. 여러 면에서 신중할 수밖에 없었다.

그런데 어울림에서는 엘시와 멤버들에게 자율권을 부여하고 앨범 제작을 맡겼다. 보통 배짱이 아니면 생각할 수 없는 판단이었다. 마소진 피디는 새삼 현우가 더 대단해 보였다.

"앨범이 나오면 저희 MBS도 최선을 다해 도울게요, 대표님."

"감사합니다. 참고로 이번 앨범 나오면 깜짝 놀라실 겁니다."

"그런가요? 궁금해 죽겠네요."

현우는 빙그레 웃기만 할 뿐이었다.


*          *          *


"너희들 괜찮아?"

야심한 새벽, 어울림 본사 지하 1층 연습실에는 현우와 엘시, 드림걸즈 멤버들이 모여 있었다. 현우가 눈살을 찌푸렸다. 엘시를 제외하곤 주량도 약한 멤버들이 대부분이었다. 그런데 술에 취해 다들 양 볼이 사과 같았다.

현우가 제일 취한 것 같은 유나를 보며 혀를 내둘렀다.

"유나 씨, 많이 취한 것 같은데요?"

"괜찮은데에?"

"예?"

"멀쩡한뎅?"

"혀, 혀는 왜 그래요?"

"취했으니까 그렇지!"

"아하."

현우가 픽 웃었다. 그리고 그나마 덜 취한 멤버를 찾았다.

"수진 씨, 취했죠?"

"안 취했더."

어쩐 유나보다 혀가 더 짧아져 있었다.

"취했구나. 하아… 잠깐만 기다려요."

현우가 결국 3층 대표실로 향했다. 미니 냉장고를 열어보니 숙취에 좋은 송지유 제작 맹독, 아니, 해독 주스 한 통이 남아 있었다.

"일단 이거나 먹여보자."

혹시 몰라 회사 앞 편의점에서 꿀물까지 사고 현우는 다시 연습실로 돌아왔다.

"……."

현우가 조용히 연습실 조명을 껐다. 다들 연습실 바닥에 누워 곤히 잠이 들어 있었다. 연습실 구석에 엘시 혼자 무릎을 껴안고 앉아 있었다.

엘시가 현우를 물끄러미 올려다보았다.

"왔어요?"

"응."

현우도 엘시의 옆에 다가가 앉았다. 회식 때와 다르게 엘시의 분위기가 축 쳐져 있었다. 그리고 현우는 깨달았다. 엘시

는 어울림 식구들과 멤버들 앞에서는 유난히 밝은 척을 하곤
했다.

"미안해요. 홍콩에서 바로 와서 녹화도 하고, 피곤할 텐데."

"아냐."

"멤버들이 오빠한테 신곡을 가장 처음으로 보여주고 싶었
대요. 근데 다들 자네요. 바보들…… 사실 나도 오빠한테 가
장 먼저 무대를 보여주고 싶었는데, 정말 도움이 안 되는 애들
이에요."

엘시가 침울해했다. 요 근래 상태가 호전된 것 같았는데, 완
전히 회복은 된 것 같아 보이지 않았다.

"졸려요."

"다연이 너도 자는 게 좋겠다."

더 말을 잇기도 전에 엘시가 잠이 들어버렸다.

자리에서 일어난 현우는 불이 꺼진 연습실을 둘러보았다.
그러다 연습실 구석에 놓여 있는 테이블이 눈에 들어왔다. 노
트북 한 대가 덩그러니 놓여있었다.

걸음을 옮겨 현우는 조용히 노트북을 열었다. 잠금을 해놓
지 않았는지 영상 목록이 주르륵 떠올랐다. 엘시와 드림걸즈
멤버들이 연습실에서 찍은 연습 영상들이었다. 날짜별로, 시
간별로 자그마치 수백 개가 넘었다.

현우도 놀랄 정도였다. 혹여나 멤버들이 깰까 현우는 슈트

안주머니에서 이어폰을 꺼내어 연결했다.

그리고 첫 순서의 동영상부터 재생을 시켰다. 안무 연습 동영상이었다. 그야말로 난장판이었다.

그런데 현우의 입가에서 미소가 지어졌다. 동영상 속 엘시와 멤버들은 시종일관 웃고 떠들고 있었다. 정말이지 즐거워 보였다.

그리고 최근 날짜와 가까워질수록 곡과 안무의 완성도가 올라가는 게 보였다.

'곡은 솔이가 썼나 본데? 유로 댄스? 유로 팝? 일렉트로니카 팝?'

현우도 장르를 파악하지 못할 정도로 신기한 곡이었다. 다만 확실한 건 정신없이 빠르고 즐거운 곡이란 사실이다. 귀가 호강을 할 정도로 세련된 일렉트로니카 전자음에 흥이 흘러 넘쳤다.

안무도 통일된 주제가 없었다. 걸리쉬, 걸크러쉬 등이 다양하게 섞여 있었고, 중간에 통 아저씨 변형 춤까지 등장했다.

"하하!"

현우가 혼자 웃음을 터뜨렸다. 랩 파트에서 멤버들이 두 팔을 비스듬하게 높이 들며 댑 댄스까지 추며 허세를 부렸다. 서로를 향한 디스 랩 파트까지 정말이지 입가에서 웃음이 끊이지가 않았다.

그간 엘시와 드림걸즈 멤버들이 쏟아부었던 노력과 열정이 고스란히 느껴졌다. 특히 곡의 시작 부분이 마음에 들었다. '드림걸즈!'로 시작되는 시그니처였다. '드림걸즈!' 다음 부분이 현우를 웃게 했다.

'이 정도면 완벽해.'

현우가 내린 평가였다. 현우가 잠이 든 멤버들을 살펴보다 담요를 가져와 한 명, 한 명 덮어주었다.

그리고 명함을 꺼내어 만년필로 무언가를 슥, 슥, 적기 시작했다. 명함을 노트북 사이에 꽂아둔 채로 현우가 연습실을 나섰다. 오늘은 부모님을 뵈러 집으로 가야 했다.

＊　　　＊　　　＊

다음 날, 지하 1층 연습실은 신음 소리로 가득했다.

"아이고! 머리야! 언니 죽겠어요! 머리가, 머리가 깨질 것 같아요!"

유나가 머리를 부여잡은 채로 바닥에 널브러져 있었다. 크리스틴은 멍하니 연습실 천장을 바라보고 있었다.

"다들 일어나! 너희들 어디까지 기억나?"

비교적 상태가 좋은 엘시가 멤버들을 추궁했다. 연습실 안엔 침묵이 감돌았다.

"꺄아!"

기억이 돌아온 유나가 비명을 질러댔다. 하늘 같은 대표님의 넥타이를 붙잡고 이리저리 휘두르지를 않나, 심지어 힘을 이용해 연습실로 끌고 왔다.

"괜찮은데에에? 멀쩡한데에엥?"

"저, 정말 제가 그랬어요? 아니죠?"

"응. 너, 그랬어. 그리고 취했으니까 그렇지! 이것도 추가."

"마, 망했어요! 내 이미지!"

"하여간 너는 진짜 초딩 아냐?"

크리스틴이 냉소했다. 엘시는 어이가 없었다.

"안 취했더. 누가 그랬더라?"

"…내가 그랬다고?"

"응. 조수진 씨가."

크리스틴이 황급히 핸드폰을 들어 현우에게로 전화를 걸었다.

"대, 대표님?"

─네, 수진 씨. 다들 일어났어요?

"네. 저기, 호, 혹시 어제 저희가 실수했나요?"

전화를 받은 현우가 피식 웃었다. 어제의 기억이 생생하긴 했다.

그때 어머니 김윤희가 지유냐며 조심스레 물었다. 현우가 수저를 내려놓으며 고개를 저었다.

　―다연이랑 멤버들이에요. 아뇨. 저도 많이 취해서 기억이
잘 안 나네요.

　"그, 그렇죠?"

　―그래요. 그러니까 걱정 말고 해장해요. 백반 가게 가서
이모님한테 해장국 끓여달라고 하면 알아서 해주실 겁니다.
그럼 끊겠습니다.

　통화가 끝이 났다. 스피커폰으로 대화를 듣고 있던 멤버들
이 안도를 했다. 현우의 배려를 알고 있는 엘시만이 한숨을
내쉴 뿐이었다.

　"하여간 이것들! 진짜!"

　"언니! 빨리 와보세요! 쪽지 있어요!"

　노트북을 키려던 연희가 황급히 엘시와 멤버들을 불렀다.

　노트북 키보드에 명함 하나가 놓여 있었다, 그리고 명함에
는 현우의 필체로 짤막한 문장이 적혀 있었다.


　[설 연휴 3일 동안 휴가, 뮤비 장소 정해놓을 것. 어디든 가능.]


　"꺄아! 대박! 우리 대표님 최고! 최고!"

　유나가 방방 뛰며 기뻐했다. 설 연휴 동안 휴가라니, S&H
에 있었다면 아이돌 체육대회니 뭐니 해서 정신없이 더 바빴

을 것이다.

그런데 어울림은 설 연휴 동안 휴가를 주었다.

"이번 명절에는 가족들이랑 있을 수 있겠네요."

연희도 감동을 받은 상태였다. 엘시나 크리스틴은 휴가도 휴가였지만 전폭적인 지원을 약속해 준 현우가 고마웠다.

"우리 뮤비, 유럽에서 찍을까? 콜?"

"콜!"

엘시의 제안에 멤버들이 모두 콜을 외쳤다.

*　　　*　　　*

[설 연휴 특집 예능 대란? 어울림 F4가 하드 캐리!]

[MBS '두근두근 썸남썸녀!' 시청률 26% 기록!]

[설 연휴 최고의 예능 MBS '두근두근 썸남썸녀!' 정규 편성?]

[어울림 F4, 판타스틱 매력에 여심 저격!]

[국민 소녀 송지유도 깜짝 출연!]

설날 당일, 오후 4시 MBS에서는 어울림 F4가 출연한 '두근두근 썸남썸녀!'를 방영했다. 방송 전부터 큰 기대를 모았던 만큼 26%라는 엄청난 시청률을 기록했다. 그야말로 대박을 친 것이다.

오프라인에서의 화제는 말할 것도 없었고, 포털 사이트의 기사는 물론, 여러 대형 커뮤니티에서도 큰 화제를 불러일으키고 있었다. 커뮤니티마다 온갖 짤들이 돌아다녔다.


—ㄹㅇ 어쩜 한 명, 한 명 매력이 후덜덜 하지? ㅋ

—리뷰: 김현우 대표는 생각보다 말수도 적었고, 멋있었음. 뭔가 포스가 느껴짐. 손태명 실장은 역시 태명 선배였고, 최영진 팀장이 진짜 빅 웃음 줌 ㅋㅋ 시골 청년 느낌? ㅋㅋ 고석훈 실장은 의외로 자상했음. 내 여자에게만은 따뜻한 스타일인 듯?

—이번 예능의 최대 수혜자는 최영진 팀장임. ㄹㅇ 일대일 프리 토크에서 레전드. 했는데요? 먹었는데요? 연애를 글로 배워서 성공한 첫 케이스?

—플래카드도 진짜 한몫했음ㅋㅋ

—태명 선배 한 숟갈 ㅋㅋㅋㅋㅋ

—송지유도 압권이었지. 아니, 아무리 국민 남매라지만 ㅋㅋㅋ 장윤희 아나운서가 당황했을 듯 ㅋㅋ 혼자 다 맞춰

—김송딱! 김송딱! 신나는 노래~

—김송딱! 김송딱! 김현우는 송지유가 딱이야!

—이건 뭐 서동요도 아니고 ㅋㅋ 김송딱!

"으음."

노트북으로 대중들의 반응을 살펴보던 현우가 머리를 긁적였다. 반응은 폭발적이었지만 김송딱이라는 새로운 별명이 생기고 말았다.

"김태식, 김발놈, 김송딱까지. 오빠도 참 파란만장한 것 같아요. 그렇죠, 김송딱 씨?"

소파에 앉아 있던 송지유가 물끄러미 현우를 쳐다보며 말을 걸었다. 얼굴 가득 만족한 기색이 역력했다.

"그렇게 좋아?"

"네. 김송딱. 어감도 좋고."

"그래. 네가 좋으면 된 걸로 치자. 하아."

현우가 기지개를 폈다. 대표실 창틈으로 봄 햇살이 스며들어 왔다. 햇살을 받고 있는 송지유는 더욱 아름다웠다. 이질적으로 느껴질 정도였다.

"셀카 하나 올려줘야겠어요."

송지유가 얼른 셀카를 찍어댔다. 그리고 팬카페 SONG ME YOU에 셀카를 투척했다. '김송딱'이라는 글귀도 잊지 않았다.

무수히 달리는 댓글에서도 '김송딱'이나, 'ㅋㅋㅋㅋ' 또는 심지어 '김현우결혼실패'라는 닉네임까지 보였다.

"김현우장가못가는 또 뭐야? 김현우, 어쩌다 장난감 신세가 된 거냐?"

손태명이 대표실로 들어와 현우의 어깨를 두들기며 말했다. 현우가 피식 웃었다.

"지유도 좋아하고, 팬분들도 좋아하면 그걸로 된 거지 뭐. 그나저나 영진이는 아직도 자냐?"

대표실 창문 너머 의자에 기대어 졸고 있는 최영진이 보였다. 손태명이 안경을 고쳐 쓰며 입을 열었다.

"새벽에 김선영 아나운서 기사 노릇 하잖아. 좀 봐주자, 현우야."

"봐줘야지. 영진이가 저렇게 행복하게 하는 건 프로듀스 아이돌 이후로 처음이다."

손태명이 대표실 책상으로 서류 더미를 내려놓았다.

"이번에 드림걸즈 멤버들 정규 앨범 최종 기획안이다. 네가 한번 봐봐. 정우 형님이 만드신 거다."

"오케이."

현우가 정갈하고 세밀하게 만들어진 피피티 문서를 살펴보았다. 기획 의도와 콘셉트, 의상, 안무, 곡 스타일, 그리고 활동 방향 등 여러 면에서 뭐 하나 건드릴 게 없었다.

"나는 걸리는 게 좀 있어."

"걸리는 거?"

현우가 손태명을 올려다보며 물었다. 손태명이 고개를 끄덕였다.

"일단 두 가지가 있거든?"

"두 가지나 있어? 말해봐."

"첫 번째는 너무 한 번에 이미지 변신을 하는 건 아닐까 하는 생각이 들어. 기존의 걸즈파워 팬덤이 새로운 콘셉트를 쉽게 받아들일 수 있을지가 의문이야."

손태명의 말도 일리가 있었다. 기존의 걸즈파워는 고급스러운 이미지가 강했다. 이번 앨범 콘셉트는 기존의 이미지를 완전히 탈피하고 있었다.

"어차피 걸즈파워에서 드림걸즈로 새롭게 탄생을 한 만큼, 이미지 변신은 어쩔 수 없어. 그렇다고 기존의 걸즈파워 콘셉트를 가져다 쓸 수는 없는 일이니까."

손태명이 고개를 끄덕였다. 그런 다음에 다시 입을 열었다.

"그리고 두 번째는 S&H에서도 걸즈파워 2기 아이들 앨범을 곧 선보인다더라. 괜찮겠어? 자칫하면 또 S&H랑 충돌이 생길 수도 있어. 우리 지금은 휴전 중이잖아."

"으음."

현우가 깍지를 꼈다. 확실히 두 번째 사안은 조금 걸리는 면이 있었다. S&H는 이석우 실장이 실권을 잡으면서 여러모로 변혁을 겪고 있었다.

더 이상의 치열한 경쟁 구도는 S&H나 어울림도 사양이었다. 하지만 문제는 대중들이었다. 분명 걸즈파워 2기 멤버들과 걸즈파워 1기 멤버들을 비교하며 온갖 루머들을 만들어낼 것이 분명했다. 그렇게 되면 막중한 스트레스가 엘시와 드림걸즈 멤버들에게로 향할 것이다.

"다연이가 걱정인데."

"나 역시."

현우가 팔짱을 꼈다. 공교롭게 비슷한 시기에 두 걸 그룹이 앨범을 출시하게 생겼다.

"앨범 조금만 미룰까?"

손태명이 제안을 했다. 현우가 고개를 저었다.

"아니, 다연이도 그렇고 멤버들이 몸이 달았어. 매일 연습실에서 살고 있는 아이들한테, 앨범 미루자고 어떻게 이야기를 하냐?"

"어렵네. 현우야, 우리도 서둘러서 보이 그룹 하나 만들자. 같이 사우나도 가고, 축구도 하고, 마음에 안 들면 혼도 좀 내고 하면서 얼마나 편해?"

"일단 지유 영화가 먼저야. 충무로 쪽 반응도 계속 좋지 않아."

노트북으로 포털 기사가 떠올라 있었다. 영화 잡지에서 이번 송지유의 영화 '아는 언니'에 대한 우려를 기사로 쏟아내고 있었다.

"하여간 영화계 인사들은 영 마음에 들지 않아."

손태명이 고개를 저었다.

"그냥 두세요. 신경 안 쓰니까."

송지유가 뜨개질 더미를 내려놓으며 말했다. 강철 멘탈을
넘어 얼음 멘탈을 가지고 있는 송지유였다.

"일단, 태명아."

"응. 말해."

"이석우 실장님한테 저녁 식사 어떠냐고 연락해."

"알았다. 그리고 오늘 저녁에 수정이랑 i2i 멤버들이 영진이
차 사주러 간다고 같이 가자는데?"

"왜, 나도 사준대?"

현우가 농담조로 말을 꺼냈다.

"오빠 차는 내가 뽑아줄게요."

송지유가 태연한 표정으로 말했다. 현우가 피식 웃었다.

"말만 들어도 고맙다. 난 괜찮아. 차 뽑은 지 얼마 되지도
않았잖아."

"사줄게요. 그냥 사요."

"오케이!"

곧장 승낙을 하는 현우를 보며 손태명이 어이없어 했다. 그
러면서도 한편으론 부러웠다. 문득 왜 자신은 회사에 틀어박
혀 회사 경영이나 했을까 후회가 되었다.

"나, 나도 차 없는데."

소심하게 혼잣말을 중얼거리는 손태명이었다.


*　　　*　　　*


강남의 외제차 전시장. 최영진이 휘둥그레진 눈동자로 고급 차량들을 살펴보고 있었다.

"너, 너희들 돈 있어? 진짜 여기서 사주려고? 비, 비싼데? 얘, 얘들아… 내 말 듣고 있어?"

최영진의 말에도 i2i 멤버들은 고급 차량들을 구경하느라 정신이 없었다.

"은이 언니는 운전면허 있잖아요?"

전유지가 물었다.

"응. 있는데, 장롱 면허야."

"언니, 어떤 차가 좋은 거예요?"

김수정이 물었다. 아직 미성년자인 멤버들은 차에 대해선 문외한이었다. 그나마 나이가 있는 유은이 조금 아는 정도였다.

유은이 하얀색 2인승 쿠페 앞에서 멈추어 섰다.

"영진 오빠, 이 차 어때요?"

"어, 어? 헉!"

핸드폰으로 쿠페의 가격을 확인한 최영진이 헛숨을 들이마

꿈의 소녀들 I　261

셨다. 무려 1억이 넘는 차였다.

"억이 넘잖아? 너희들 돈 있어?"

"오빠, 바보예요? 얼마 전에 정산서 확인해 준 거 오빠잖아 요."

유지연이 인상을 썼다. 그랬다. 어울림은 연예인들 사이에 서 '정산의 어울림'이라고 불렸다. i2i 멤버들은 국내 활동뿐만 아니라 한국 시장의 30배가 넘는 일본에서도 대박을 치고 있 어 그야말로 돈을 쓸어 담고 있는 실정이었다.

그런 멤버들이 n분의 1로 돈을 분담하기로 했다. 큰 부담은 없었다.

"그랬나? 그래도 이건 너무 비싸. 현우 형님도 그렇고 태명 형님이랑 정우 형님도 있는데, 내가 이렇게 비싼 차를 어떻게 타? 그리고 선영 씨도 비싼 차는 부담스러워할 거야. 나가자."

"아, 왜요!"

배하나가 툴툴거렸다. 최영진의 표정이 진지해졌다.

"내 능력에 맞는 차를 타야지. 괜히 헛바람 들긴 싫어."

"쓸데없는 데 맨날 고집 부린다니까?"

이지수도 툴툴거렸다. 하지만 i2i 멤버들은 더 이상 떼를 쓰 지 않았다. 순둥이에 얼빵한 최영진이긴 하지만 자기 주관은 확실하다는 것을 잘 알고 있었기 때문이었다.

"대표님~"

i2i 멤버들의 시선이 현우에게로 향했다. 어떻게든 도와달라는 의미였다.

"영진아, 그냥 사라."

"예? 현우 형님?"

"너 새벽마다 김선영 아나운서 데려다주느라 그 큰 스프린터를 끌고 다닐 생각이야? 기름 값이 장난이냐?"

"아, 그렇긴 하죠."

실제로 최영진은 그 커다란 스프린터를 새벽마다 끌고 다니고 있었다. 물론 기름 값은 사비 지출이었다.

"너, 나랑 태명이가 몰래몰래 기름 채워 넣는 거 몰랐지?"

"그러셨어요, 형님?"

최영진이 미안해하면서도 감동을 받은 눈치였다.

"영진아."

"네, 형님."

"나도 지유가 새 차 뽑아준단다."

그렇게 말하고 현우가 하하 웃었다.

"진짜요?"

"네, 진짜."

송지유가 대답을 했다. 이어 현우가 입을 열었다.

"어차피 태명이도 차가 필요한 거 같고, 정우 형님도 차가 너무 낡았더라. 법인으로 뽑기로 했으니까 걱정 마라."

"아."

최영진이 어쩔 줄을 몰라 했다. 그사이 i2i 멤버들은 벌써 딜러들과 구매 관련 이야기를 나누고 있었다.

"형님."

"왜? 또 울지 마라. 곤란하니까."

"그게 아니고요. 어울림에 입사한 이후로 일이 너무 잘 풀리기만 해서… 좀 불안한데요?"

"뭐가?"

"그게 저만의 징크스가 있거든요? 좋은 일이 있으면 꼭 나쁜 일도 함께 생겨서요."

"그건 누구나 마찬가지야. 군말 말고 시승이나 해봐라."

"예? 예."

최영진이 이제야 신이 나서 2인승 쿠페의 운전석으로 올라탔다.

"순진한 녀석."

현우가 조용히 웃었다.

"그게 영진 오빠 매력이잖아요."

"뭐, 그렇긴 하지. 근데 나도 꼭 사야 해?"

"네."

"지유야, 아무리 네가 돈이 많아도 돈은 아껴 써야지."

송지유는 대한민국 최고의 광고 여왕이었다. 지난해 광고

수익만 추정 30억이 넘는다는 기사도 여러 번이나 올라왔다.

"오빠가 벌어준 돈이잖아요. 그리고 내 남자가 팀장보다 나쁜 차를 타는 꼴은 못 봐요. 이석우 실장님도 만난다고 했잖아요. 가서 기를 팍 죽여요. 알았어요?"

"음… 아까워서 그러지. 지유가 고생해서 번 돈이잖아."

"괜찮아요. 대신 내가 골라주는 차 타기."

"뭐야? 대체 얼마나 비싼 걸 사주려고?"

"비밀."

송지유가 또각또각, 하이힐 소리를 울리며 매장 밖으로 나갔다. 현우가 서둘러 송지유를 따라나섰다.

*          *          *

설 연휴가 끝나고 송지유와 신지혜가 이번에는 손태명과 함께 홍콩으로 출국했다. 부아앙! 강남의 고급 호텔 앞으로 올블랙 스포츠카 한 대가 들어섰다.

문이 하늘 위로 올라가며 현우가 모습을 드러내었다. 호텔 입구를 지나던 사람들의 시선이 현우에게로 쏠렸다.

"후우. 뭔 놈의 차가 밟기만 하면 적토마처럼 달리냐?"

현우가 선글라스를 슈트 주머니에 집어넣으며 혀를 내둘렀다. 이석우 실장과의 미팅에 꼭 새 차를 타고 가라는 송지유의 당부가 있어, 처음으로 고가의 차를 끌고 나온 현우였다.

"김현우 대표님이다!"

호텔을 지나던 젊은 사람들이 현우에게로 몰려들었다.

"와아! 이 차 사신 거예요? 엄청 좋다!"

"하하. 지유가 사줬어요."

"대박! 갓 지유 짱이네요."

"김송딱!"

어느 팬이 현우 옆을 지나며 킥킥거렸다. 현우가 피식 웃었다.

"i2i가 최영진 팀장님 차 뽑아줘서 지유 씨가 대표님 차 사준 거죠?"

어느 여성 팬이 물었다. 최영진이 SNS에 인증을 하면서 벌써 기사까지 여러 개 나왔다. 팬들은 물론이고 대중들 또한 최영진을 부러워하며 i2i 멤버들의 착한 심성을 극찬했다.

"네. 그렇죠."

"조만간 기사 뜨겠네요?"

"뭐, 그렇겠죠?"

"근데 호텔은 무슨 일로 오셨어요, 대표님?"

"아, 약속이 있어서요."

"여자는 아니죠? 김송딱이시잖아요."

"예? 하하. 이석우 실장님을 뵈러 왔죠."

현우의 말에 몰려든 팬들이 화들짝 놀랐다. 어울림과 S&H 간의 경쟁 구도는 실로 유명했으니 말이다.

"실장님이랑 친하거든요. 저녁 사주신다고 해서요."

"정말요? 진짜요?"

"네, 그럼요. 그럼 이만 들어가 보겠습니다."

현우가 팬들의 배웅을 뒤로한 채 호텔 로비로 들어섰다. 팬들이 그리 많은 건 아니었지만, 소문이라는 것은 무섭다. 더 이상의 경쟁 구도는 두 회사 간에 좋을 것이 없었다.

'부디 소문 좀 많이 내주세요.'

현우가 미소를 머금은 채로 약속 장소로 향했다.


*　　　*　　　*


고급 레스토랑의 웨이터들이 현우를 구석의 방으로 안내했다. 드르륵. 문이 열리며 이석우 실장의 모습이 보였다.

"제가 좀 늦었습니다, 실장님."

"앉아요. 대충 예상이 갑니다. 팬들이 몰렸겠죠?"

"하하. 잘 아시는데요?"

딱딱하고 사무적이기만 하던 이석우 실장이 한층 부드러워져 있었다. 현우가 맞은편 자리에 앉았다.

"부럽군요. 정식 코스로 시켰습니다. 한식을 좋아하는 것 같아서 말입니다, 현우 씨."

"기억하시는군요?"

이장호 회장과 처음 만났을 때, 한정식 레스토랑에서 식사를 한 적이 있었다. 이석우 실장이 그때의 만남을 기억하고 있었다.

"우리 아이들, 아, 이런 실례를. 드림걸즈 아이들은 잘 지내고 있습니까?"

이석우 실장의 표정에 아련한 그리움이 맴돌았다. 현우도 왠지 마음이 아팠다.

"네. 잘 지내고 있습니다. 마지막에 아이들을 편하게 보내주셔서 감사합니다, 실장님."

"아닙니다. 그동안 우리 S&H에서 다연이랑 아이들에게 했던 부당한 대우를 생각하면 아직도 미안한 마음뿐입니다."

현우가 천천히 고개를 끄덕였다.

"요즘 회사 사정은 괜찮으십니까?"

"음. 어렵지만 하나하나 해결해 가는 중입니다. 솔직히 말씀드리면 이번 걸즈파워 2기의 앨범에 주주들의 이목이 쏠려 있습니다. 중요한 시점이죠."

"……."

현우가 생각에 잠겼다. 어울림 입장에서도 이번 드림걸즈의 컴백 앨범은 매우 중요했다. 그리고 S&H도 걸즈파워 2기의 새 앨범에 운명이 걸려 있었다.

"실장님, 본론부터 꺼내겠습니다. 식사는 좀 편하게 하고 싶어서 말입니다."

현우가 단도직입적으로 말을 꺼냈다.

*　　　*　　　*

방 안에 긴장감이 흐르고 있다. 현우가 물을 한 모금 마신 후 물 잔을 내려놓았다.

"실장님."

"편하게 말해도 좋습니다."

"조만간 드림걸즈의 컴백 앨범이 나올 겁니다. 제가 듣기로는 걸즈파워 2기 친구들의 앨범도 곧 나온다고 하더군요. 의도하신 겁니까?"

현우는 S&H 쪽의 의도가 가장 궁금했다. 암묵적이긴 하지만 이장호 회장이 경영에서 물러나면서 더 이상의 충돌은 없을 것이라 생각했다.

이석우 실장이 현우를 지긋이 응시했다. 그러다 작게 한숨을 내쉬었다.

"의도적이었던 건 아닙니다."

"그렇다면?"

"주주 쪽에서 가시적인 결과물을 원하고 있습니다. 걸즈파워 2기 아이들이 성과를 내지 못한다면 대대적인 구조 조정에 들어갈 갑니다."

"그렇군요."

현우가 고개를 끄덕였다. 현재 S&H는 대외적으로 엄청난 이미지 손상을 입은 상태였다. 주주들은 걸즈파워 2기를 통해 S&H의 건재함을 확인하려 하고 있었다. 만약 걸즈파워 2기의 앨범이 실패를 한다면? 추후 일은 어느 정도 예상이 되었다. 많은 직원들이 잘려 나갈 것이고, S&H의 연습생들도 대거 방출이 될 것이다.

'으음. 이 정도로 어려웠나? S&H가?'

현우는 내심 이석우 실장이 안타까웠다.

"현우 씨, 아니, 김현우 대표님. 부탁드리겠습니다. 드림걸즈의 컴백을 조금만 늦춰주십시오. 이번 걸즈파워 2기 아이들의 앨범이 실패하면 더 이상 버틸 수가 없습니다. 회사야 문을 닫으면 그만이지만 다연이나 유나 때처럼 또 아이들을 포기할 수는 없습니다."

이석우 실장이 한참이나 어린 현우 앞에서 소개를 숙여 보였다.

"……!"

현우는 이렇게까지 하는 이석우 실장을 보며 충격을 받았다. 냉철한 이석우 실장이 고개까지 숙이고 있었다. 굴지의 대형 기획사 S&H를 상대로 승승장구를 했을 때 느꼈던 통쾌함만큼이나, 묘한 기분이 들었다. 형용할 수 없는 느낌이었지만 한 가지 확실한 것은 마음이 편치 않다는 점이었다.

'어렵네.'

현우는 고뇌했다. 솔직히 말하자면 걸즈파워 2기와의 정면 대결에서 승리를 거둘 자신이 있었다. 드림걸즈 멤버들의 혼이 실린 앨범이었다. 또한 오승석과 블루마운틴, 이솔이 공동 작업을 했다. 그리고 국민 기획사가 아니던가? 어울림 소속 연예인들은 국민 기획사 버프를 받는다는 말이 연예계에서 공공연히 나돌고 있었다. 거기다 엘시와 멤버들도 컴백 날짜를 손꼽아 기다리고 있었다.

"부디 재고를 부탁드리겠습니다, 김현우 대표님. 도와주십시오."

이석우 실장이 또 한 번 고개를 숙여 보였다.

현우는 문득 아버지가 해주었던 말이 떠올랐다. 걸즈파워 1기 멤버들을 데리고 온 그날, 현우는 후련한 마음에 소주 몇 병을 사 들고 아버지의 회사를 찾았다.

소주 몇 잔을 주고받던 아버지는 현우에게 이렇게 말했다.

'현우야, 앞으로 너에게 필요한 것은 관용이다. 어울림이 점점 커지고 너의 힘이 강해질수록 약자에게, 패자에게 관용을 베풀거라. 궁지에 몰린 쥐는 고양이도 물게 마련이야. 숨 쉴 수 있는 작은 공간 정도는 내주어야 해. 이장호 회장처럼 너무 많은 적을 만들지 말거라. 보잘 것 없는 상대라고 할지라도 말이다.'

현우가 쓴웃음을 머금었다.
'지금이 관용이라는 게 필요한 때인가?'
현우가 딱, 딱 테이블을 두드렸다. 그러다 입을 열었다.
"3주. 걸즈파워 2기 친구들보다 3주 늦게 컴백 앨범을 내겠습니다."
현우의 결정에 이석우 실장의 얼굴이 눈에 띄게 밝아졌다. 이석우 실장이 현우의 손을 잡았다.
"고맙습니다. 현우 씨, 고맙습니다."
현우는 씁쓸했다. 회사를 위해, 수많은 식구들을 위해 이장호 회장까지 몰아낸 이석우 실장이었다. 그처럼 냉철하고 합리적인 양반이 한없이 고개를 숙이고 있었다. S&H에 속해 있는 식구들을 지키기 위한 것이라는 생각이 들자, 더 이상의 아쉬움은 없었다.
"언젠가 반드시 이 은혜를 꼭 갚겠습니다."
현우는 그저 웃기만 했다. 그리고 타이밍 좋게 음식들이 나왔다.

"하하. 현우 씨 덕분에 마음 편히 식사할 수 있겠습니다."

이석우 실장이 현우의 그릇에다가 정성스럽게 요리까지 얹어주었다. 현우가 피식 웃었다.

"실장님도 웃을 줄 아시는군요? 그리고 원래 이렇게 자상하신 분이셨습니까?"

"오늘 같은 날은 웃어야지요. 그리고 현우 씨가 오늘은 너무 예뻐 보입니다. 하하."

"지금 농담까지 하신 거죠?"

현우가 하하 크게 웃었다.


*　　　　*　　　　*


지하 1층 연습실.

"으아악!"

현우가 일부러 더 크게 고통에 찬 비명을 질러댔다. 의자에 앉아 있는 현우의 다리 사이에 연습용 막대기 두 개가 X 자로 교차되어 있었다.

"주리를 틀어라!"

"에이~!"

힘이 좋은 유나와 연희가 주리를 트는 시늉을 했다.

"으아악! 잘못했습니다!"

현우가 과장된 비명을 질러댔다. 엘시의 눈동자가 고양이처럼 치켜 올라가 있었다.

"죄인은 죄인의 죄를 알고 있느냐?"

"예. 소인, 아씨들의 동의도 없이 컴백을 무려 3주나 늦춰 버렸습니다. 죽여주시옵소서!"

"와~ 연기 잘한다? 그치, 연희야?"

"응. 대표님, 제법이네요?"

주리를 틀던 유나와 연희가 현우의 뜨거운 연기 투혼에 감탄을 했다. 엘시가 콩, 콩 연달아 꿀밤을 날렸다.

"죄인 옹호할래? 그리고 주리 똑바로 안 틀어?"

유나와 연희가 헤헤 웃기만 했다.

"대표님인데 주리를 어떻게 틀어요? 난 어울림에 오래오래 있을 거거든요?"

"나도! 여기서 뼈를 묻을 건데요? 우리 대표님 다치면 언니가 책임질래요?"

연희와 유나가 동시에 항변했다. 엘시가 후우 한숨을 내쉬었다. 현우가 실실 웃고 있는 것을 보니 서운함이 눈 녹듯 사라졌다.

"이다연, 그만해. 대표님이니까 네 유치한 장단에 맞춰주는 거지. 안 그래?"

크리스틴이 한심하다는 얼굴로 엘시를 쳐다보고 있었다. 그러면서도 한편으론 현우가 고마웠다. 이렇게 장난을 다 받아 주니 서운했던 마음이 잦아들었다.

"알았어. 너희들 치사하게 다들 현우 오빠 편이라 이거지? 오빠, 이제 연기 그만해요."

엘시의 말이 떨어지자마자 유나와 연희가 막대기를 빼버렸다. 현우가 씩 웃었다.

"그래. 나도 더했으면 지유한테 전화하려고 했어. 지금 이 광경을 그대로 사진 찍어 보내면."

"바로 홍콩에서 오겠죠 뭐."

엘시가 현우의 말을 가로챘다. 그리고 서로를 보며 하하 웃었다.

"미안하다. 너희들한테까지 말하긴 그렇지만⋯ 이석우 실장님이 두 번이나 고개를 숙이시더라고. 어쩔 수가 없었다."

"⋯⋯!"

"⋯⋯!"

한숨과 함께 들려오는 현우의 말에 엘시와 멤버들의 표정이 굳었다. 어렸을 적부터 이석우 실장을 알아온 멤버들이다. 이장호 회장에게도 고개를 숙이지 않던 그였다. 그런데 그런 이석우 실장이 고개를 숙였다.

"⋯정말이에요?"

엘시가 물었다. 현우가 천천히 고개를 끄덕였다.

"이번 한 번만 우리가 물러서 주자. 너희 후배들도 생각해야지."

현우는 걸즈파워 2기의 리더인 Xena와 유난히 자신을 좋아하던 Tia, Sia 쌍둥이 자매를 떠올렸다. 비록 기획사는 다르지만 꿈을 가지고 있는 소녀들이었다.

어른들의 일이라면 몰라도 어린 소녀들의 꿈까지 짓밟기는 싫었다. 엘시와 드림걸즈 멤버들도 더 이상은 할 말이 없었다. 이러한 현우의 넓은 마음이 아니었다면 자신들도 결코 어울림으로 올 수 없었기 때문이다.

"대표님, 감사합니다."

크리스틴의 뜬금없는 감사 인사에 현우는 어리둥절했다.

"너무 뜬금없는데요?"

"새삼 감사해서요."

"그래요."

현우가 빙그레 웃었다.

"다연이도 괜찮지? 서운하지 않지?"

"당연하죠! 안무 연습도 더 할 수 있겠어요. 그리고 참, 뮤비 촬영이요."

"응."

"유럽에서 찍고 싶어요."

"오케이."

"정말요?"

엘시도 그렇고 멤버들도 현우의 눈치를 봤다. 현우가 얼기설기 얽힌 줄을 풀고 의자에서 일어났다. 그리고 엘시와 멤버들을 살폈다. 위약금이라는 존재 때문에 엘시와 멤버들은 항상 눈치를 봤다.

현우가 주머니에 손을 넣으며 당당하게 입을 열었다.

"국내 최고의 걸 그룹이 뮤직비디오를 찍는데, 당연한 거 아닌가? 유럽? 우주도 보내주지. 갈 수만 있다면."

그렇게 말하고 현우가 씩 웃었다. 엘시와 드림걸즈 멤버들의 눈동자엔 눈물이 그렁그렁했다.

"역시… 우리 대표님 최고!"

유나가 엄지를 척 들었다.

"언제는 죄인이라면서? 몇 분 사이에 신분이 막 왔다 갔다 하네?"

"좀 봐줘요! 미안해요!"

엘시가 얼굴을 붉히며 뾰족한 음성으로 말했다.

현우가 씩 웃으며 옷매무새를 정리했다. 다행히 엘시와 드림걸즈 멤버들이 잘 이해를 해주었다.

"연습 열심히 해라. 난 간다."

"어디 가시는 거예요?"

"다녀와서 말해줄게."

그렇게 말하곤 현우가 연습실을 벗어났다.

*　　　*　　　*

검은색 무광 스포츠카가 CV 본사 앞에 멈추어 섰다. 양쪽 차 문이 위로 올라가며 블랙 슈트 차림의 현우가 먼저 나타났다. 그 옆에는 최영진이 함께였다.

"형님. CV 측에서 무슨 일로 보자고 한 걸까요?"

"그러게 말이다."

현우가 CV 본사를 올려다보며 말했다. 본사 입구에서 CV 측 직원들이 우르르 몰려나왔다.

"김현우 대표님! 죄송합니다! 저희가 늦었습니다!"

CV 측 직원들이 안절부절못했다. 그러면서도 뒤쪽에 세워져 있는 스포츠카에서 눈을 떼지 못했다. 그사이 CV 측 팀장급 인사들이 모습을 드러내었다.

"오셨습니까? 가시죠, 김현우 대표님."

현우가 CV 직원들을 따라 본사 안으로 향했다.

8층 회의실. 커다란 테이블을 사이로 두고 현우와 최영진, 그리고 CV 측 인사들이 서로를 마주보고 있었다.

30대 중반으로 보이는 여자 팀장이 먼저 입술을 열었다.

"이번에 새로 부서 발령을 받은 김미영 팀장입니다. 김현우 대표님, 뵙게 되어 영광입니다."

"어울림 엔터테인먼트의 김현우입니다."

"매니지먼트 A팀 팀장 최영진입니다."

서로 간에 인사를 나누고 회의실에 빔 프로젝트가 켜졌다. 이번 송지유의 영화 '아는 언니'에 대한 전반적인 사항들이 주르륵 떠올랐다.

순간 현우의 얼굴이 굳어졌다. 뒤늦게 최영진도 안색이 나빠졌다.

"형님? 저거 진짜예요?"

"잠깐."

현우가 손을 들어 최영진의 말을 끊었다. 본래 '아는 언니'에 할당된 상영관은 510개였다. 천만 영화였던 '그그흔'이 300개에서 출발해 흥행가도를 달리면서 600개까지 상영관을 할당받았던 것에 비하면 그리 나쁜 숫자는 아니었다.

하지만 갑자기 상영관이 320개로 확 줄어 있었다.

"상영관을 줄인 이유가 대체 뭡니까?"

현우의 낮은 저음에 CV 측 직원들이 쉽사리 말을 꺼내지 못했다. 결국 김미영 팀장이 한숨을 쉬며 입을 열었다.

"상부 쪽 지시예요. 정말 죄송합니다. 저희도 대책을 논의하고는 있지만 상부 쪽의 입김이 강해서 어쩔 수가 없을 것 같아요."

"그렇습니까? 구체적인 이유는요?"

"'신의 노래'에 상영관을 더 할당하라는 지시가 있었어요. 이해해 주세요. 워낙 티켓 파워가 강한 배우분들이 대거 출연을 하고, 충무로에서도 기대가 큰 영화예요. 저희 CV도 어쩔 수가 없는 상황입니다."

김미영 팀장이 또 한숨을 내쉬었다. 그녀 역시 이번 송지유 주연의 '아는 언니'에 큰 공을 들이고 있었다. 어쨌든 자신의 팀에서 담당하고 있는 영화였으니 말이다.

'신의 노래'는 충무로에서도 큰 기대를 걸고 있는 대작 영화였다. 티켓 파워 1, 2등을 달리고 있는 남자 배우들이 공동 주연을 맡았고, 섹시 심벌로 인기를 끌고 있는 신인 여배우 한새아도 출연을 했다. 거기다 로맨스와 코미디, 액션이 적절하게 섞인 전형적인 한국 영화이기도 했다.

"여배우 단독 주연에 느와르 장르라는 점에서 발목을 잡힌 것 같아요."

"으음."

현우가 팔짱을 꼈다.

대중들에게 아직까지도 회자되고 있는 많은 느와르 영화들을 들여다보면 막상 그 명성이나 작품성에 비해 관객 동원 숫자는 그리 많지 않은 편이었다. 19세 연령 이상 관람이라는 한계도 있었지만, CV 같은 배급사에서는 돈이 되는 상업 영화를 더 우선시하기 때문이었다.

"다른 쪽도 상황은 마찬가지일 것 같아요."

김미영 팀장이 말을 보탰다. CV도 상영관을 줄이는데, 무비박스나, 로데 시네마 같은 곳에서 가만히 있을 리가 없었다.

"신의 노래라."

현우가 쓴웃음을 머금었다.

한국 영화의 배급과 상영관을 대부분 독점하고 있는 CV가 대놓고 갑질을 시전하고 있었다. 국내나 외국에서 만들어진 유수의 명작 영화들이 상업적인 논리에 밀려 한국 상영관에서는 제대로 걸리지도 못하고 있는 게 현실이었다.

'우리 쪽보단 충무로라 이거야?'

헛웃음이 나왔다. 자기들끼리 해먹는 습관은 가요계보다 영화판이 더욱 심한 것 같았다.

"어쩔 수 없죠. 팀장님도 고생 많으셨습니다."

"죄송합니다. 저희 능력이 여러모로 부족해요."

김미영 팀장과 CV 측 직원들도 상당히 아쉬웠다. 하지만 어쩌겠는가? 이것이 상업 영화 시장의 논리인 것을.

"정면 대결을 펼쳐야 한다는 말인데, 뭐 하나 쉽게 가는 게 없네요. 하하."

현우가 작게 웃었다.

결국 신의 노래와 영화 대 영화로 정면 대결을 펼치는 수밖에 없었다. 상영관 숫자에서부터 2배 가까이 차이가 나겠지만, 현우는 자신이 있었다. 홍콩에서 직접 두 눈으로 영화 촬영 현장을 보았기 때문이었다.

"점심 드시러 가시죠. 고기 좋아하시나요?"

현우가 먼저 말을 꺼냈다. 김미영 팀장과 '아는 언니' 팀 직원들이 얼떨떨해했다. 화를 내거나 난리를 칠 것이라고 예상을 했는데, 김현우 대표는 담담해 보였다.

"일단 먹으면서 대책을 논의하는 게 좋을 것 같습니다. 저희 어울림도 최대한 지원을 할 테니까, 팀장님도 좀 웃으시고."

김미영 팀장이 어색하게 웃었다. 새삼 국민 기획사 대표의 위엄이 느껴지는 순간이었다.

＊　　　＊　　　＊

[걸즈파워 2기! 컴백 앨범 큰 화제!]

[걸즈파워 2기? 아니! 이제는 걸즈파워 그 자체!]

[S&H 기사회생하나? 걸즈파워 새 앨범 차트 순항 중!]

[前걸즈파워 1기 엘시와 멤버들, 2기 후배들을 향한 애정 SNS로 알려]

─1기랑 2기랑 불화설 장난 아니었는데? 루머였네? ㄷ

—SNS 보니까 완전 친해 보이던데? 응~ 불화설 구라~

—어울림 연습실까지 놀러올 정도면 뭐 ㅋㅋ

—역시 엘시 갓! 아이돌의 왕은 관대하시다!

—확실히 1기 멤버들이 천사임. 유나랑 연희도 원래 인성 좋기로 유명했고 ㅎㅎ

—어울림 쪽에서 봐준 거지 솔직히 ㅇㅈ?

—ㅇㅈ합니다! ㅋㅋ


Xena와 쌍둥이 자매를 필두로 한 걸즈파워 2기는 정확히 2월 말 컴백을 했다.

걸리쉬 장르를 들고 컴백을 한 걸즈파워 2기는 단숨에 음원 차트를 점령했고, 음악 방송에서도 이미 2주 연속 1위 후보에 오른 상태였다.

청담동 뷰티숍 몽마르트에선 컴백을 앞둔 엘시와 드림걸즈 멤버들이 새로운 모습으로 대변신을 준비하고 있었다.

실장 손태명은 홍콩에, 그리고 실장 김정우는 최영진과 함께 i2i 멤버들을 데리고 일본에 있었다. 현우가 서유희의 전담 매니저인 김철용을 데리고 몽마르트에 나와 있었다.

"다들 피곤하지는 않고?"

현우가 물었다. 팀장 고석훈과 함께 유럽에서 뮤직비디오 촬영을 마치고 전날 귀국한 엘시와 멤버들이었다.

시차 적응에 실패한 일부 멤버들은 졸린 기색이 역력했다. 거의 반쯤은 자고 있었다. 반면 엘시와 크리스틴은 씩씩해 보였다.

"드디어! 드디어! 컴백한다! 야호!"

"조용히 좀 해! 애들 깬다니까?"

크리스틴이 엘시를 제지했다. 현우가 거울 속 엘시와 크리스틴을 살펴보았다.

엘시는 트레이드 마크나 다름없는 금발머리에 조금 변화를 주었다. 턱 밑까지 내려오던 단발을 조금 더 짧게 잘랐고, 이마가 반 정도 보이게끔 앞머리를 잘랐다.

쉽게 설명하자면 영화 '레옹'의 금발 버전 마틸다를 떠올리게 했다.

"머리 너무 짧지 않아요? 완전 꼬마 같아 보이는데?"

"왜? 솔이처럼 어리게 보이고 싶다고 할 때는 언제고, 기다려 봐."

현우가 뷰티숍 테이블에 있는 작은 화분을 들고 돌아왔다.

"뭐예요 그건?"

"영화 보면 마틸다가 화분 들고 다니잖아. 이거 한번 들어봐."

엘시가 현우로부터 화분을 건네받았다.

몽마르트 직원들이 킥킥 웃어댔다. 정말이지 꼭 마틸다 같았다.

"컴백 무대 때 이거 하나 들고 올라가자, 다연아."

현우가 제안을 했다. 엘시가 물끄러미 화분을 쳐다보았다. 이름 모를 꽃 한 송이가 피어 있었다.

"머리에 꽂으면 그냥 미친년이네요?"

"대박! 무대에 오르면 머리에 꽂아요! 언니!"

유나의 말에 졸고 있던 다른 멤버들도 엘시를 가리키며 마구 웃어댔다. 현우가 유나를 가리키며 하하 웃었다.

"그게 더 좋겠는데요?"

"흐음… 알았어요. 일단 접수!"

엘시도 승낙을 했다. 현우의 아이디어에 다들 즐거워했다.

한편, 엘시의 옆에 앉아 있는 크리스틴 역시 그야말로 대변신 중이었다.

ice틴이라 불리며 걸즈파워의 고급스러운 이미지를 한층 더 빛나게 해주던 크리스틴이었다.

그런데 이번 앨범에 맞춰 본래의 나이인 22살에 잘 어울리는 헤어스타일로 대변신을 시도했다.

현우와 시선이 마주치자 크리스틴이 얼굴을 붉혔다.

"대, 대표님. 어색하지 않나요?"

"그럴 리가요. 그런데 삐삐 머리는 누가 생각한 겁니까?"

"역시 별로죠? 야! 이다연! 너 어떻게 할 거야?"

크리스틴이 따지고 들었다.

평소의 고급스럽고 어른스러운 이미지 대신 크리스틴이 연보라색으로 염색까지 하고 삐삐 스타일로 양쪽 머리를 땋아 스타일링했다. 그리고 가지런하게 내린 앞머리까지. 그야말로 파격적인 변신이었다.

"왜! 너도 귀엽게 보이고 싶다며? 대표님 앞이라고 내숭?"

"야! 내가 언제!"

"귀여운데요? 훌륭합니다."

현우가 척 엄지를 들어 보였다.

크리스틴이 로봇처럼 어색하게 웃었다. 현우가 양손을 허리에 얹고 엘시와 멤버들을 전체적으로 살펴보았다.

기존의 걸즈파워 느낌이 완벽하게 지워져 있었다.

"이제야 좀 애들 같네. 그렇지 않냐, 철용아?"

"예! 형님! 감회가 새롭네요! 석훈 형님이 이 광경을 보셨어야 하는데 말입니다!"

고석훈은 이번에 드림걸즈의 활동을 전담할 매니저로 낙점이 된 상태였다. 그런데 어울림의 밀린 업무를 보느라 회사에 박혀 있었다.

"저도 감회가 새롭습니다! 군대에서 유나 님 하나만 보고 버텼는데 말입니다!"

"헤헤. 예뻐요? 철용 오빠?"

유나가 뒤를 돌아보며 물었다.

청순 여배우 느낌의 유나도 이번 새 앨범을 통해 파격 변신을 시도했다.

길게 길렀던 머리카락을 어깨까지 자르고 펌에 핑크색으로 염색까지 했다.

연희 역시 처음으로 길게 길렀던 생머리를 포기하고 갈색 단발로 변신을 했다.

두 멤버 모두 여배우보다는 가수로서 집중을 하겠다는 당찬 포부를 가지고 있었다.

그래서 현우는 두 멤버가 더 기특하고 대견했다.

"어? 1위 후보 발표한다!"

제시가 벽걸이 TV를 가리켰다. 갓 보이스의 싱글 앨범을 누르고 걸즈파워 2기가 3주 만에 드디어 1위를 거머쥔 것이었다.


[네! 3주 만에 1위 자리를 차지하네요! 이번 주 음악캠프 1위는? 걸즈파워! 축하드립니다!]


갓 보이스 멤버들이 특유의 허세를 부리며 박수를 쳐주고 있었다.

"누가 보면 지네가 1위한 줄 알겠네. 하여간 저것들 진짜."

엘시가 혀를 내둘렀다. 그러고는 현우를 쳐다보았다.

"오빠, 지혜 말이에요. 아직도 쟤네랑 놀아준대요?"

"뭐, 잘 맞는 것 같더라. 지혜랑 또래 친구들같이 잘 지내."

"신기하네. 하긴 걔네가 정신 연령이 지혜랑 비슷하긴 할 거예요."

엘시가 수긍을 했다. 비슷한 년도에 데뷔를 해서 갓 보이스 멤버들의 성향을 잘 알고 있었다. 막내 투 킬을 제외하곤 거의 반미친놈들이라고 생각을 하고 있던 엘시였다.

"신현우 선배님이랑 몰려다닌다니까 걱정은 마. 철 좀 들겠지, 뭐."

크리스틴도 대수롭지 않다는 듯 말을 했다.


TV 속 갓 보이스 멤버들이 MC들의 손에 이끌려 무대 아래로 내려갔다. 그리고 리더인 Xena가 마이크를 잡았다.

"걸즈파워를 사랑해 주시는 모든 팬 여러분들 감사합니다! 엘시 선배님께 이 영광을 돌리고 싶어요! 그리고 다음 주에 기대할게요, 엘시 선배님!"

Xena가 엘시에 이어 걸즈파워 1기 선배들의 이름을 하나하나 거론했다. 그리고 쌍둥이 자매 Tia와 Sia가 마이크를 뺏었다.

"하나, 둘, 셋! 감사합니다! 팬 여러분! 우리 S&H 식구들! 이석우 실장님! 감사합니다! 그리고 어울림 김현우 대표님도 감사해요! 아시죠?! 그리고 소개팅 프로 봤는데! 여자 친구 만들지 마세요! 그리고 다음 주에! 선배님들이 돌아오십니다! 드림걸즈도 많이 사랑해 주세요!"

"와아아!"

방청객들이 환호성을 질렀다.

걸즈파워 2기 멤버들이 처음으로 드림걸즈의 컴백을 알리고 있었다. 뜬금없는 상황에서 터진 특종 중의 특종이었다.

벌써부터 기자들이 거품을 물고 있을 생각을 하니 현우는 웃음이 절로 나왔다.


"기특하네, 녀석들."

엘시가 만족스러운 표정을 했다. 다른 멤버들도 마찬가지였다.

"오빠, 우리 뒷모습만 나오게 사진 찍어줘요."

엘시가 현우에게 부탁을 했다.

"SNS에 올리게?"

"네. 살짝만 맛보기로 보여주게요. 자고로 말이에요 살짝, 살짝 보여줘야 더 몸이 달아오르는 법이잖아요."

"어휘 선택 좀! 응?"

크리스틴이 얼굴을 붉히며 인상을 썼다.

현우가 피식 웃으며 핸드폰을 들어 엘시와 멤버들이 나란히 미용실 의자에 앉아 있는 모습을 찍었다.

"단톡 방으로 보내줘?"

"네. 오빠도 올려요. 지유한테도 보내줘요. 갓 지유 좀 이용해 먹게."

"오케이."

현우가 이리저리 사진을 보냈다. 그리고 자신의 SNS에도 뒷모습만 살짝 나온 사진을 업로드했다.

"오! 형님! 댓글 벌써 달렸는데요?"

"그래?"

현우가 기대에 차서 댓글을 확인했다. 정말 오랜만에 업데이트하는 SNS라 왠지 설레었다.

—김송딱

—김송딱22

—김송딱! 김송딱! 김송딱! ×3

—김송딱 아따! 어감 찰지다! ㅋㅋ

—대표님, 송지유 사진도 올려주세요. 김송딱이잖아요.

폭발적인 반응을 보이고 있는 엘시와 멤버들의 SNS와 다르게 현우 SNS에는 팬들의 장난이 가득했다.

현우가 장난으로 댓글을 하나 달았다.


—지금부터 이 아래로 김송딱 다시면 전부 고소합니다.

—응. 김송딱.

—ㅋㅋㅋㅋㅋ 김송따크!

—김송따크래 ㅋㅋㅋ

—변호사 비용 제가 부담할게요. ^^ [송지유]

—억! 진짜가 나타났다!

—여왕님 행차하셨다!

—갓 지유! 예쁘다!

—김송딱!

—지유 님 만세!

—영화 기대 중이에요!


송지유가 댓글을 달자 현우의 SNS 창으로 미친 듯이 댓글들이 달렸다. 현우가 급히 SNS를 종료했다.

"형님?"

"괜찮아. 내 진짜 팬분들 오시면 상황 종료되니까."

"그 아줌마 팬들 언제 오는데요?"

엘시가 물었다. 현우가 씩 웃으며 대답했다.

"지금쯤 어린이집에 보낸 아이들 하고 시간이거든. 곧?"

[걸즈파워 2기 멤버들, 음악 방송에서 걸즈파워 1기 컴백 알려!]

[베일에 쌓여 있던 드림걸즈 드디어 컴백하나?!]

[어울림에서 재탄생한 엘시와 아이들, 과연 그 파급력은?]

[엘시와 아이들이, 진짜로 돌아온다!]

[완전체로 컴백하는 드림걸즈! 팬들은 행복하다!]

[어울림 매직! 이번에도 통하나?]

[드림걸즈! 과연 어떤 콘셉트, 어떤 신곡으로 돌아오나!?]

[송지유! 비켜! 드림걸즈가 나타났다!]


"대체 이 송지유 비켜! 라는 기사는 언제부터 나오기 시작해서 언제쯤 끝나는 겁니까?"

"지유가 은퇴해도 나올걸?"

현우가 최영진을 보며 대답했다.

걸즈파워 2기가 일본 진출을 위해 국내 활동을 종료했다. 그리고 Xena와 쌍둥이 자매가 생방송에서 드림걸즈의 컴백을 알렸다.

지금 대한민국의 관심은 온통 걸즈파워 1기, 드림걸즈에게

쏠려 있었다. 온, 오프라인이 온통 드림걸즈에 관한 이야기뿐
이었다.


　─진짜 어울림 신비주의 너무 하자너 ㅠㅠ

　─병, 형신이야? 현우 형님, 제발, 제발 뭐라도 좀 보여주세요.
ㅜㅜ

　─달랑 미용실 뒷모습만 보여주면 어쩌란 말입니까? 예?

　─님들, 신비주의 아님; 그냥 귀찮아서 그럼;

　─어울림이 S&H 살려줌. 동시에 컴백이라도 했어봐; ㄷ


"뭐야? 이 사람?"

현우가 머리를 긁적였다.

일본에서 어제 돌아온 최영진도 눈을 크게 떴다. 정말이었
다.

송지유의 첫 정규 앨범 때는 로데 측과 함께 대대적인 홍보
를 했었다. 그리고 이번 드림걸즈의 앨범은 걸즈파워 2기의
활동을 위해 자제한 면이 없지 않았다.

하지만 되는 놈은 뭘 해도 된다는 말이 있듯이 신비주의
마케팅이 오히려 대중들의 호기심을 더욱 자극하고 있었다.

어울림으로 기자들의 문의가 쇄도했다.

회사 밖에선 스포츠 일간지의 기자들이 곳곳에 잠복을 해

있었다.

*　　　*　　　*

부르릉! 이번에 드림걸즈 멤버들을 위해 새로 구입한 스프린터가 천천히 공개홀 안에 들어섰다. 각자 아이돌을 응원하고 있던 팬들이 순간 숨을 죽였다.

초록색 밴에 '꿈의 소녀들! 드림걸즈!'라는 글귀가 선명하게 박혀 있었다. 와아아! 엄청난 환호성이 터져 나왔다.

[돌아와 줘서 고마워!]
[꿈의 소녀들! 그 꿈은 영원히!]

드림걸즈의 팀 구호가 적힌 플래카드들도 보였다. 일본 활동 중인 i2i의 팬덤도 보였다.

[엘시×솔 아이돌 여왕! 차기 여왕! 선후배 크로스!]
[ice틴×지연 얼음 쨍쨍 선후배 크로스!]
[유나×하나 베이글 커플 가즈아!]
[호빵이 두 개! 연희×수정!]
[i2i 팬덤은 드림걸즈를 응원합니다!]

"와! 이게 얼마만의 관심이에요? 대체 몇 명이 온 거야?"

유나가 히히 웃으며 좋아했다. 공개홀 일대가 온통 드림걸즈의 팬들로 새까맸다. 기자들도 잔뜩 몰려와 있었다.

팬들이 계속해서 환호성을 지르고 있었다. 그리고 팬들이 알아서 기자들을 막아주고 있었다.

"후우. 이제 진짜 시작이구나."

김정우가 시동을 끄고는 운전석 깊이 몸을 묻었다. 청춘을 불살랐던 그때의 기억들이 떠올라 가슴 한편이 아릿했다.

드림걸즈 멤버들도 감회가 새로웠다. 김정우를 포함해서 모두 한곳에 모여 완전체를 이루기까지 정말 오랜 세월이 걸렸다.

"석훈 오빠?"

엘시가 조수석의 고석훈을 불렀다. 손수건을 꺼내던 고석훈이 조용히 손수건을 다시 주머니 안에 집어넣었다.

고석훈의 눈동자가 빨개져 있었다. 김정우가 고석훈의 어깨를 잡았다.

"석훈아, 가자."

"네, 실장님. 제가 문을 열겠습니다."

고석훈이 얼른 조수석에서 내렸다.

"오오! 어울림 F4다! 고석훈 팀장님이다!"

"잘생겼다! 고석훈!"

고석훈이 한차례 손을 들어 인사를 한 뒤 힘차게 스프린터의 문을 열었다. 롱 패딩 차림의 엘시와 멤버들이 차례로 모습을 드러내었다.

엘시와 멤버들이 일직선으로 서서 서로의 손을 맞잡았다.

그리고 새로 정해진 구호를 힘차게 외쳤다.

"꿈의 소녀들! 그 꿈은 영원히!"

와아아! 엄청난 환호성에 공개홀 부근이 떠나가라 울렸다.

『내 손끝의 탑스타』 13권에 계속…